兒童雜事詩箋釋

周作人 作詩
豐子愷 插圖
鍾叔河 箋釋

商務印書館

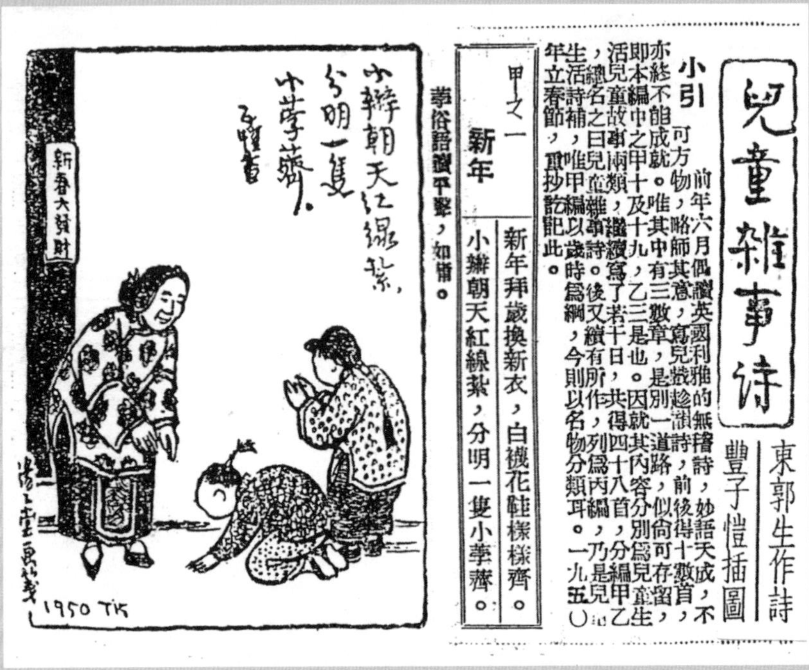

兒童雜事詩

東郭生作詩

豐子愷插圖

小引

前年六月偶讀英國利雅的無稽詩，妙語天成，不可方物，略師其意，寫兒戲趁韻詩，前後得十數首，亦終不能成就。唯其中有三數章，是別一道路，似尚可存留，即本編中之甲十及十九乙三是也。因就其內容分別為兒童生活，兒童故事兩類，續寫了若干日，共得四十八首，分編甲乙，總名之曰兒童雜事詩。後又續有所作，列為丙編，乃是兒童生活詩補，唯甲編以歲時為綱，今則以名物分類耳。一九五〇年立春節，重抄訖記此。

甲之一　新年

新年拜歲換新衣，白襪花鞋樣樣齊。
小辮朝天紅線紮，分明一隻小荸薺。

荸俗語讀平聲，如蒲。

小辮朝天紅線紮，
分明一隻
小荸薺。
子愷畫
新春大發財
1950 TK

上圖是一九五〇年二月二十三日上海《亦報》首發東郭生（周作人）作詩豐子愷插圖《兒童雜事詩》版面，照片為1:1原大。《兒童雜事詩》現有周作人手跡傳世。插圖原作則無從覓得，《箋釋》初版時曾將畫面予以擴張，但鋅版圖放大的效果並不好。現仍按《亦報》原大，免其失真，以儘量保存上世紀中期用鉛字排版時報紙插圖的原貌。

目錄

一段藏珍往事——記《兒童雜事詩》剪貼本

上世紀九十年代初鍾叔河先生《周作人豐子愷兒童雜事詩圖箋釋》初版面世，我細讀箋釋，深知鍾先生用心之切，功力之厚。

箋釋始作於一九八九年秋冬之間，對周作人詩意、豐子愷畫趣，鍾先生認為「今天的讀者未必都熟悉；方言和習俗，異時異地的人，有時也會感到陌生，箋釋就成為必要了。」（引自〈再版題記〉）

讀初版〈箋釋者言〉：「寫載道之文已無此力量，為言志之作又缺乏心情，唯以此遣有涯之生耳。……雖不敢妄擬郝蘭皋之覃研鑽極，亦可謂己盡心盡力刻意搜尋。蓋生為中國人，雖慚磊落，而於吾土吾民之過去現在及未來，實未能忘，亦不敢忘也。」遂明白他除為導今人進入詩畫所示舊時兒童生活、故事外，更自有個人發願作箋釋原因。

往後《兒童雜事詩箋釋》一再出版，多年來，鍾先生不斷求索資料，認真一再修訂補充，改版圖文，令內容增益不少。每出一版，我必細讀，雖知道「聽者正自不易」，也能理解鍾先生之「能言人難」。

最近香港商務印書館準備出版《兒童雜事詩箋釋》繁體字版，不禁想起《兒童雜事詩》剪貼本在我手上珍藏三十四年的往事，正合該在此刻交代人與物的往事因緣。

回溯一九八〇年有一天，羅孚先生約我見面。老人家很少單獨約見我的，我有點納罕。見了面，閒話一陣，就講到豐子愷先生。他微微含笑，拿起一個公文紙袋遞給我：「你打開看看。」拿出來是一丁方約六英吋多的玉扣紙本子，同時用玉扣紙揉成條狀裝縫成冊。封面赫然毛筆寫上「兒童雜事詩　七十二首　豐子愷插畫」三行字。再翻開即見「一九五〇年分登上海亦報今裁出合訂成冊一九五四年一月廿四日記」，鈐印「知堂老人」。第一頁剪貼報紙圖文，就是「兒童雜事詩」旁鈐「知堂五十五之後所作」印。這一驚喜非同小可。那時候周作人作品及字跡雖然並不像今天價值高昂，但真跡難得一見，加上豐子愷插畫從未見過，捧着便想逐頁觀賞。「拿回家才看。送給你的。」簡直無法相信這珍貴剪貼本是羅先生送我的厚禮，正遲疑之際，羅先生就告訴我冊子來源。原來那是葉靈鳳先生給他的，當年周作人想在香港出版，請羅先生設法，可是種種複雜原因，一直沒出得成。「看來，我放着也沒用，你愛豐子愷畫，給你收藏好了。」這真是厚禮，我都忘記當時有沒有推辭？又或說了甚麼話。此後，剪貼本遂歸藏我書櫥之中。一貫不大拿出來示人。

八十年代末，忽然收到鍾叔河先生來函，說知道我藏有《兒童雜事詩》剪報，想借來讀讀。我並不認識他，只讀過他編輯的《走向世界叢書》。這套叢書是改革開放後，令人耳目一新的好書。但何故他會研究周作人和豐子愷？又從何得知我藏這剪貼冊？我實在奇怪。現在記不起怎樣回信，好像複印了部分寄給他。隔了幾年讀到他的《兒童雜事詩箋釋》，才恍然大悟他做了一件艱鉅工作。

一九九二年年春天，我收到羅孚先生託林翠芬由北京帶來給我，文化藝術出版社出版的《兒童雜事詩箋釋》，內頁羅先生用絲韋署名寫了篇短柬給明川（因凡屬豐子愷先生的研究寫作，我都用上明川署名。）「以誌十餘年前之一段詩畫緣」。「方其時也，葉公健在，贈我剪報，……風塵荏苒，終見成書，如遇故人，云胡不喜？」淡筆寫來，滄桑盡在。

近年周作人作品、手跡愈來愈受藏家重視。《兒童雜事詩箋釋》出過不少版本，資料增訂也豐富了。每次想到那珍本，委屈藏在書櫥中，我又不能預計自己能保得住它多久，總有對不起周作人、葉靈鳳、羅孚諸先生的愧意。終於決定，在二〇一四年十二月十四日捐贈了給香港中文大學圖書館，讓它有個安身之所，同時，結束我與它三十四年相聚情誼。

趁香港版《兒童雜事詩箋釋》出版，寫就小文，以誌一本剪貼冊與三位文化前輩的京港因緣。

小思　二〇一七年四月十七日

春分之日，玉雪霏霏，冒雪入城，尋慕王府，買得此書，
喜不自勝，因以一冊託郭苓而致明川，以誌十餘年前之一段
詩道緣。方其時也，葉公健在，雖我卑賤，乃蒙明君，寶劍
烈士，何敢自秘？風塵落寞，終見識者，為遇故人，云胡不喜？
天涯同賞，何分南北？人間清福，無逾此矣！

明川惠存

壬申春，綠原，北京。

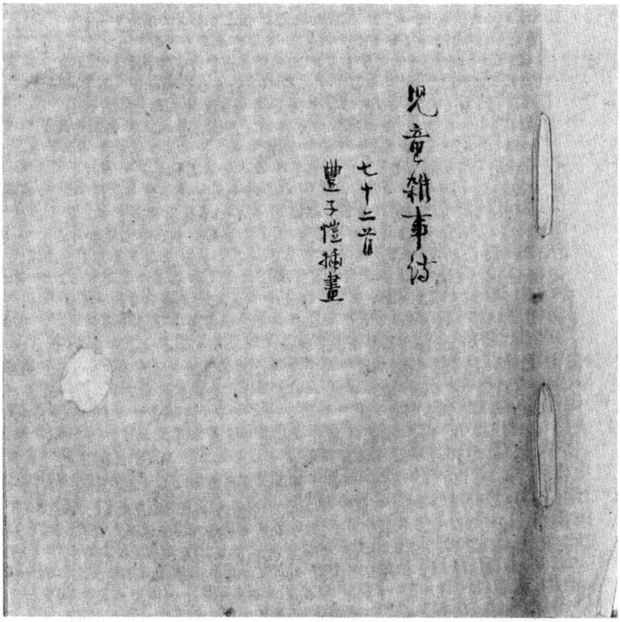

兒童雜事詩

七十二首

豐子愷插畫

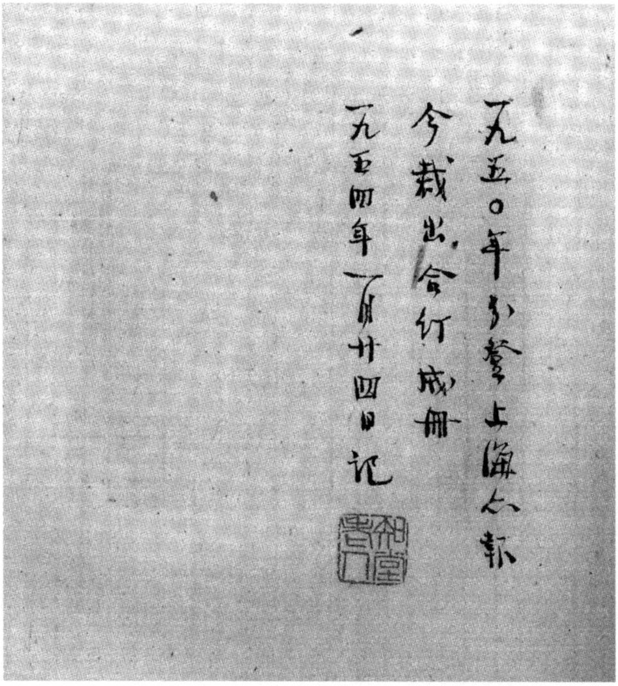

一九五〇年刊登上海亦報

今裁出合訂成冊

一九五四年一月廿四日記

知堂書記

兒童雜事詩
東郭生作詩
豐子愷插圖
甲之十
書房一
書房小鬼忒頑皮，掃帚拖來當馬騎。
額角撞牆梅子大，揮鞭依舊笑嘻嘻。
掃帚拖來當馬騎
子愷畫
天地君親師
緣緣堂畫箋

兒童雜事詩
東郭生作詩
豐子愷插圖
甲之十六
夏日食物二
夕陽在樹時加酉，潑水庭前作晚涼。
板桌移來先吃飯，中間蝦殼筍頭湯。
中間蝦殼筍頭湯
子愷畫
緣緣堂畫箋

兒童雜事詩

東郭生作詩

豐子愷插圖

乙之五

陶淵明二

離家三月旋歸去，三徑如何便就荒。

稚子候門倏不見，菊花叢裏捉迷藏。

（此詩無畫）

兒童雜事詩

東郭生作詩

豐子愷插圖

乙之十四

辛稼軒

幼安豪氣傾儕輩，却有閒情念小童。

應是貪饞有同意，溪頭臥看剝蓮蓬。

稼軒詞云，小兒鋤豆溪東，中兒正織鷄籠，最喜小兒無賴，溪頭看剝蓮蓬。

辛詞
大兒鋤豆溪東
中兒正織雞籠
最喜小兒無賴
溪頭看剝蓮蓬
子愷畫

兒童雜事詩

東郭生作詩
豐子愷插圖

丙之十　玩具一

門前迎會鬧哄哄，要貨年年式樣同。
買得紙雞吹嘟嘟，木頭鬭虎竹蟠龍。

城中神佛按時出巡，俗稱迎會，多有衛賣玩具者，率極賤，以紙片泥土及雞毛爲雞形，中有竹叫子，吹之有聲，名曰吹嘟嘟，大抵只值一錢一個。

兒童詩與補遺

·十山·

東郭生做有兒童詩若干首，預備託亦報發表，抄了先給稱牛齊甘諸公一看，齊公覺得兒童游戲部分遺漏太多，開出一個單子來主張添補，焉公則以爲過年燈時節還有許多事可記，特別有趣味的是看燈頭歲，此外又舉出一首兒歌云，二十夜，連夜夜，點得紅燈做綉鞋，綉鞋做起拜爺爺。此歌本身很有詩意，遺漏了的確也是可惜。我也記起唐人的幾首小詩，都可以補入兒童雜事詩囊，如云，幼女纔六歲，未知巧與拙，向夜東堂前，學人拜新月。小娃撐小艇，偷采白蓮回，未解藏蹤跡，浮萍一道開。牧童見客拜，山果懷中落，晝日驅牛歸，前溪風雨惡。但是東郭生有他自己的辯解，他說做詩很苦，情動於中而形於言，永言嗟嘆，以至手舞足蹈，有如擦火柴，必須熱到某程度，纔會發出光焰來，可是這一來火柴也燒光了。古來詩人多苦吟，是很不衛生的事，我們看畫像上劉隨州柳柳州等都很瘦，李長吉賈浪仙更不必說了，好吃猪肉胖很很喜睡覺的韓退之，他本是官僚，同樣好吃猪肉的蘇東坡也有點胖，他的詩算不得怎麼好，應當別論。兒童詩近於打油，可是打油並不一定容易，而且同樣要有興趣纔行，不然也做不出來。沒有詩情詩興而硬要寫，這情形似乎有點像吃春藥。我便折衷的說，有這些材料，用散文寫下來好也，文化建設的高潮中，民俗學自然也佔一個地位，這種資料都是必要的，而且有價值的。

飯後隨筆

【一】初版前言

一九五〇年在湖南報社，偶見上海《亦報》載《兒童雜事詩》，署名為東郭生，有豐子愷插圖，讀而好之；然年未及弱冠，又忙於打背包下鄉，無所謂私生活，匆匆不克輯存，亦不知東郭生之為誰也。丁酉年後，力傭為生，引車夜歸，閉門寂坐，反得專心讀書，因問Rouse所述希臘神話事，與譯者周遐壽先生通信，始知東郭生即其筆名，重讀《遇狼的故事》，為唏噓久之。遂設法求得《亦報》剪報全份，文化革命，難得保全，前歲發願為作箋釋，上海陳子善、香港盧瑋鑾兩君各以所藏見示，始得以複製，豈非文字遇合，亦有前緣耶。年來以腦出血病廢，寫載道之文已無此力量，為言志之作又缺乏心情，唯以此遣有涯之生耳。牟陌人跋《蜂衙小記》引昌黎詩云，「爾雅注蟲魚，定非磊落人」。予歷經坷坎，夏日秋風，意氣銷磨，形神俱敝，又何能磊落，何能作磊落人耶？周氏自稱，「這一卷所謂詩，實在乃只是一篇關於兒童的論文的變相」；又云，「以七言四句歌詠風俗人情，本意實在是想引誘讀者進到民俗研究方面去，從事於國民生活之史的研究，此雖是寂寞的學問，卻於中國有重大的意義」。常見有人慨嘆文藝大家殊少為兒童創作，又每論及民俗研究之少成績，此詩此畫，或亦稍有助於風氣之重開。予失學少讀書，箋釋本不易；然「淡竹」「路路通」「滾燈」諸條，雖不敢自云覃研鑽極，亦可謂已盡心盡力刻意搜尋。蓋生為中國人，雖慚磊落，而於吾土吾民之過去現在及未來，實未能忘，亦不敢忘也。豐畫未必盡慊周氏之意，但時逢解放，仍肯為此詩插畫，即足證詩之價值；而相得益彰，在為兒童與為學術兩方面，畫亦與詩同臻不朽矣。予之箋釋得附驥以傳，自以為雖擱筆不再為文，亦可以無憾云。

周豐一、豐一吟兩君支持箋釋出版，為之作跋，並志謝意。

一九九〇年四月，鍾叔河於長沙。

【二】再版題記

《兒童雜事詩箋釋》始作於一九八九年秋冬之間，時情緒極差，交付出版社時的《箋釋者言》有云：「寫載道之文已無此力量，為言志之作又缺乏心情，唯以此遺有涯之生耳。……蓋生為中國人，雖慚磊落，而於吾土吾民之過去現在及未來，實未能忘，亦不敢忘也。」此即我當時發願作箋釋的原因，當然要得到理解也難，來買書的人，也許只是見到畫兒有趣，或者因為印得也還別緻，才破費買它一本看看的吧。故而文化藝術出版社只印三千本，之後即未重印。轉眼七八年過去，當年熱心支持我做這件事的周豐一先生，已於一年前離開這個世界。我亦年近七旬，居高樓絕少履平地，越來越感到寂寞。《廣陽雜記》云：「十九首曰，不惜歌者苦，但傷知音稀。非但能言人難，聽者正自不易也。」讀之不禁悲從中來矣。

箋釋後來又得到了些可補充的材料，初版亦有數處闕誤，中華書局有意重印，因為修訂付之，並題記如上。

一九九八年十一月記於長沙城北之寓樓，鍾叔河。

〔三〕 四版前言

今天是農曆庚寅年除日，《藏書報》上楊小洲介紹嘉德拍賣會「舊時月色」專場，一幅周作人《兒童雜事詩》條幅，拍到了三百多萬元。楊君因而感嘆道：「藏家求姿色，求品相，還追求『舊時月色』裡的一縷情懷，這是否可視為，文化的價值也漲了幾百萬……」

楊的話引起了我的回憶。一九六三年十一月二十四日，在長沙拖板車的我寫信給周作人，講完要講的話以後，還「求先生為我寫一條幅」。很快便收到了二十九日從北京新街口八道灣十一號寄來的回信，信中說：「需要拙書已寫好寄上，唯不擬寫格言之屬，卻抄了兩首最詼諧的打油詩，以博一笑。」

這兩首詩，便是《兒童雜事詩》甲之十和十一，亦即是書中的《書房小鬼》和《帶得茶壺》兩首。嘉德拍賣會上拍得三百多萬元的是哪幾首呢？打電話問楊小洲，手機通了卻沒人接，連續幾次都是如此，暫時只好存疑。

遺憾的是，周氏贈我的條幅，「文化大革命」避禍轉移時所托非人，被隱匿佔有了。但我想他還不至於敢拿去拍賣，因為條幅題有上款，我的子女和年輕的朋友們總會注意着它的。

報上的新聞，我家的舊事，都可以說明，周氏的作品，包括他的詩和他的字，確實會有人喜歡，確實有欣賞價值。周氏的「嘉孺子」——替兒童着想，為兒童創作，也確實是他思想上和文字上的亮點，而《兒童雜事詩》七十二首即其代表作。這一點，不必等到「舊時月色」專場，在四十八年以前，我就這樣認為了。

《兒童雜事詩》的價值雖然是永恆的，但它寫的卻是過去的兒童生活和兒童故事，語言文字用的也是過去式，今天的讀者未必都熟悉；方言和習俗，異時異地的人，有時也會感到陌生，箋釋就成為必要了。故我在二十多年前即發願做這件事，但箋釋亦不容易，成書後三次印行，每次都有或多或少的修改。這次改得更多，改掉了原來大字直行的版式，字數增加了，內容也作了比較多的補充。

周作人詩原來只影印一九六六年的寫本，手寫繁體字和不規範的省筆，讀者或者會更難認識。此次便在影印手跡的同時，將全文和箋釋都改用簡體字橫排，以便閱讀。

出版社要我為《箋釋》新版寫篇前言，正好看楊小洲文有些感觸，便匆匆寫下了這樣的一篇。

二千零十一年二月二日，鍾叔河於長沙城北之念樓，時年八十歲。

［四］新版說明

本書初版於一九九一年由文化藝術出版社印了三千冊，二版於一九九九年由中華書局三次共印了三萬冊，三版於二〇〇四年由岳麓書社印了一萬冊，四版於二〇一一年由安徽大學出版社印了六千冊。重版每次更換出版社的原因，主要都是由於箋釋要修訂，圖文要改版。

此新版箋釋增訂尤多。甲十二《立夏》初版箋釋說，「淡筍是生長藥材『淡竹葉』的淡竹所發出的筍」。新版則訂正了初版說法「是不對的」：「淡竹葉並非淡竹之葉，而是另外一種不同的植物。……淡竹為竹亞科剛竹屬五十八種中的第二十三種，高可達十二米，為筍材兩用竹；淡竹葉則不屬於竹亞科，乃是禾亞科淡竹葉屬的一種草，高僅數十厘米，根本不會發筍」。

對七十二首詩進行箋釋，是本書的主體。每首詩只有二十八個字，箋釋初版每則平均三百五十字；二、三版雖有些修訂，字數卻無增減；第四版改為小字橫排，每則箋釋的平均字數，增加到了七百多字；新版則不僅有增，而且大改，如今每則平均已達千字，差不多是原來的三倍了。

新版的圖文版式也做了很大改動。一是附印了周作人一九五〇年二月和一九六六年八月兩件自抄本手跡，彌足珍貴。第四版附印的一九五四年一月的寫本，係複印香港崇文書店一九七三年影印本，這次便將它換去了。寫本偶有異文，《亦報》所刊則頗有刪削，箋釋主要用的是一九六六年的寫本，但也參用了五〇年的寫本。二是豐子愷插圖原作已佚，存世的只有一九五〇年二月二十三日至五月六日刊登在《亦報》上的六十九幀鋅版圖，初版勉強將其放大，反而失真難看，現在按《亦報》原圖原大複製，「緣緣堂畫箋」《亦報》製版時只保留內框，現在則現出了全貌，看起來順眼得多了。

新版箋釋能做成這個樣子，多因得劉毅強、吳浩然、羅東波和李緬燕諸君之熱心相助，謹在此表示對他們的感謝。

二〇一六年四月一日，鍾叔河時年八十又五，於長沙念樓。

［附記］新版付印前，得見民國沖齋居士《越鄉中饋錄》，又對《菱》《中元》《糕糰》《藕》《石花》諸則作了增改。

兒童雜事詩序

【原文】今年六月偶讀英國利亞（Lear）的詼諧詩，妙語天成，不可方物，略師其意，寫兒戲趁韻詩，前後得十數首，亦終不能成就。唯其中有三數章，是別一路道，似尚可存留，即本編中之甲十及十九又乙三是也。因就其內容，分別為兒童生活兒童故事兩類，繼續寫了十日，共得詩四十八首，分編甲乙，總名之曰兒童雜事詩。我本不會做詩，但有時候也借用這個形式，覺得這種說法別有一種味道，其本意則與用散文無殊，無非只是想表現出一點意思罷了。寒山曾說過，分明是說話，又道我吟詩。我這一卷所謂詩，實在乃只是一篇關於兒童的論文的變相，不過現在覺得不想寫文章，所以用了七言四句的形式，反正這形式並無甚麼關係，就是我的意思能否多分傳達也沒有關係。我還深信道誼之須事功化。古人云，為治不在多言，但力行何如耳。我輩的論或詩，亦只是道誼之空言，於事實何補也。

三十六年丁亥八月五日，知堂記於南京。

【箋釋】 利亞（Edward Lear, 1812—1888）今作李爾，本是位畫家（下面兩幅是他的自畫像），卻以寫 Nonsense Poems 出名。Nonsense Poems 呂叔湘譯作「諧趣詩」，《簡明不列顛百科全書》中文版譯作「打油詩」，周作人曾按字面直譯為「沒有意思的詩」（見《自己的園地・阿麗思漫遊奇境記》），《兒童雜事詩》在《亦報》發表時稱「無稽詩」，到這時則稱之為「詼諧詩」，後來陸谷孫又譯作「胡謅詩」。《知堂回想錄》引述李爾的 *A Book of Nonsense* 稱之為《荒唐書》，書中第一首：

那裏有個老人帶着一部鬍子，
他說，這正是我所怕的，
有兩隻貓頭鷹和一隻母雞，
四隻叫天子和一隻知更雀，

愛德華・李爾 年七十三歲半
他的貓福斯 年十六歲

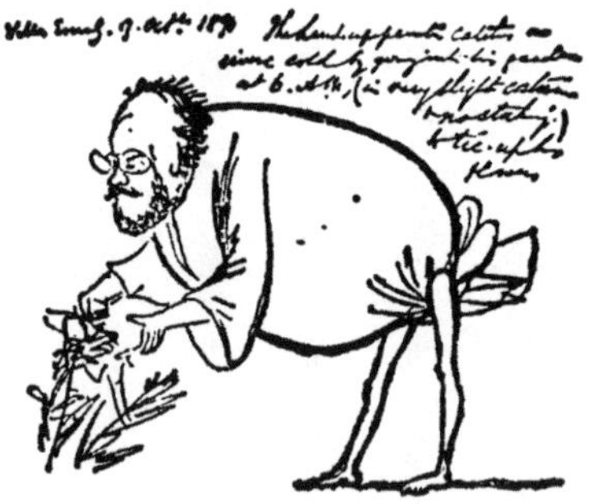

都在我的鬍子裏做了窠了！

至於周作人本人對詼諧詩的看法，可看《丙戌歲暮雜詩・打油》：

昔讀寒山詩，十中了一二。亦嘗看語錄，未能徹禪味。

但喜當詩讀，所重在文字。吟詩即說話，此語頗有致。

偶爾寫一篇，大有打油氣。平生懷懼思，百一此中寄。

掐臂至見血，搖頭作遊戲。騙盡老實人，得無多罪戾。

說破太行山，亦復少風趣。且任潑苦茶，領取塾師意。

原注：「太行山事見趙夢白《笑贊》，甲乙爭太行山，甲讀泰杭，乙讀大行，塾師左袒讀大行者，甲責之，塾師曰，你輸一次東道不要緊，讓他一世不識太行山。」

太行山事《東谷所見》亦曾記之，作主僕相爭賭錢一貫，老儒謂主當賞僕。主責老儒，老儒大笑曰：「一貫錢細事耳，好教此輩永不識太行山。」《兩般秋雨庵隨筆》案云：「老儒之言，頗有意味，蓋有真是非遇無識者，正不必與之辨也。」

在我們一生中，硬要將太行山叫作大行（形）山的事，也見過不少。遍地碉堡的小叫花子國稱為「社會主義明燈」，交白卷的睜眼瞎稱為「反修學習模範」，那時候，吾儕小民還敢「與之辨」嗎，也只能「讓他一世不識太行山」算了吧。

甲編　兒童生活詩

兒童雜事詩

甲之一　新年拜歲

新年拜歲換新衣，白襪花鞋樣樣齊。
小辮朝天紅線紮，分明一隻小荸薺。

【原注】荸俗語讀如「蒲」，國語讀作「毘」，亦是平聲。

【箋釋】　甲編之一、二、三這三首原來都題作「新年」，其實卻是分詠拜歲、壓歲錢、下鄉作客，而此首只詠拜歲，為了避免籠統，今在題後加「拜歲」二字。

范寅《越諺》：「拜歲，即賀新年也。」別處則大多稱之曰拜年，乃是很古老的風俗。梁宗懍《荊楚歲時記》：「（正月初一）長幼悉正衣冠，以次拜賀。」可見在南北朝時就這樣了。詩和插圖描寫的是幼兒向長輩拜賀的情形，突出了「小辮朝天紅線紮，分明一隻小荸薺」的可愛的兒童形象。

「小辮朝天」這種髮式，過去在北京叫作「朝天桿」。李濱聲《舊時京城兒童髮式考》有圖，轉載如下：

我國南北風俗多異同，京城的「朝天桿」和紹興的「小荸薺」，大概可算名雖異而實相同的一例。

觀魚（周冠五）《紹興的風俗習尚》：「元旦，大家都

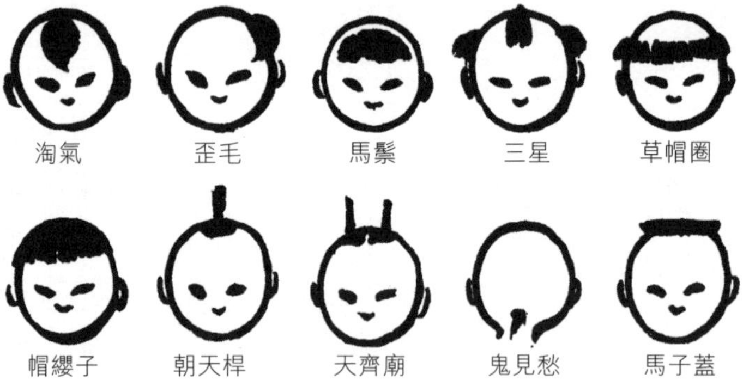

起得很早，不分男女老小，一經洗過臉梳過頭，男子穿上靴帽袍套，老年婦人穿外套，戴頭笄，繫大紅裙，青年婦女於前者之外更須戴上珠花，新嫁娘還須戴上滿頭花，在外套上加綴『十盆頭』（是白色緞子繡五彩花的圓形像粉撲那麼大的十個東西），外套上也要加披肩（也是繡花的），孩兒們一律穿着新衣服，先向天地神馬行過禮，次財神，次張神（鍾按：張神即『張大明王』，潮水神，見《越諺》卷中『神祇部』），再次灶神，最後拜祖宗的懸像，依次拜畢，家庭間自長輩起由大而小地分別拜歲。」

圖中的老年婦女穿外套，戴頭笄，繫長裙，一副尊長模樣。小孩向她磕頭作揖，她也微微彎腰，伸手作攙起態，正是典型的民間老祖母，給人的感覺是溫馨吉祥的。跪下的小孩小辮朝天，也確有點像荸薺，不過不算太小罷了。

各地的風俗，在拜過家中長輩後，還要離家外出拜歲，觀魚把這說成是「新年中必須要做絕對不能少的場面」之一。如果去的是親戚家，大人往往帶着小孩。周作人日記己亥元旦：「晨食湯圓。偕茗三叔拜像，往老屋過橋拜像拜歲。自往壽鏡吾太夫子處拜歲。」這年他虛歲十五，早過了「小辮朝天紅線紮」的年齡，恐怕已經穿上靴帽袍套學着做大人了。

兒童雜事詩

甲之二　壓歲錢

昨夜新收壓歲錢，板方一百枕頭邊。
大街玩具商量買，先要金魚三腳蟾。

【原注】

大錢方整者名曰「板方」。金魚等物皆用火漆所製，每枚值三五文。

【箋釋】 本首為「新年二」，今題作「壓歲錢」。吳曼雲《江鄉節物詞・小序》：「杭俗，兒童度歲，長者與以錢，繫以紅，置之臥所，曰壓歲錢。」蔡雲《吳歈百絕》之九注：「除夜將睡，以錢置小兒女枕邊，名壓歲錢。」

這裏說的是蘇杭兩地風俗，紹興則或則放在枕邊，或則直接發給。魯迅《朝花夕拾・長媽媽和山海經》：「辭歲之後，從長輩得到壓歲錢，紅紙包着，放在枕邊，只要過一宵，便可以隨意使用。」周建人《魯迅故家的敗落》第十節記兒時除夕：「吃過年夜飯，我們在守歲的大紅燭底下玩耍了一會，拿到壓歲錢，便睡覺了。」似乎兩種情況都有。

壓（押）歲錢發給的對象和方式，會因時因地有所不同。《紅樓夢》裏「寧國府除夕祭宗祠」後，「兩府男女小斯丫環亦按差役上中下行禮畢，然後散了押歲錢並荷包金銀錁等物，擺上合歡宴來」；對象是小廝丫環，那便當堂散髮，更不會給放在他們枕頭邊了。清末敦崇《燕京歲時記》則說：「以彩繩穿線，編作龍形，置於牀腳，謂之壓歲錢。」則又是另一種方式。

《魯迅的故家・分歲》中說：壓歲錢「最大的數目不過是板方大錢一百文而已」。此不僅遠遜賈府的「荷包金銀錁」，比起如今送領導家孩子的紅包動輒上萬元，更是天隔地遠。

火漆所製金魚三腳蟾，其實並不止「每枚值三五文」。《自己的園地・耍貨》（箋釋引周氏本人著作均不署名，下同）云：「可以在從軒亭口至大善寺的路上發見一兩攤做火漆貨的。我還記得，青蛙六文，金魚八文，三腳蟾十二文……」

三腳蟾是一種傳說中的動物，古書中也有言之鑿鑿的。陸友仁《研北雜誌》云，曾得枯者於貨藥擔上，乃一軀殼，實之以木屑，三足特長如尾而有距。劉獻庭《廣陽雜記》：「馬子騰云，陝西邊西番一路，西寧莊浪等處多三腳蟾蜍，其膠可軟玉如泥。西番取蟾蜍，將眉割開，其酥皆成塊者，不待和合曬晾也。」俞樾《茶香室三抄》引《雜記》後案曰：「世言三腳蟾蜍天下無有，觀此乃知竟有之也。」其實卻是在以訛傳訛，古時讀書人習慣以書本作依據，不肯去觀察研究自然，此亦一例。

傳說中的動物可以娛樂兒童，卻不合乎常識。《木片集・孫仲容論動物》一文，引孫氏《籀廎述林・與友人論動物學書》，謂中國古籍稽核物性殊為疏闊，「今動物學說諸蟲獸，有足者無多少皆以偶數，絕無三足者」。因謂：「兒時玩火漆做的耍貨，有綠色的三腳蟾，看慣了沒有甚麼，但是一經說明，覺得這也是不會有的。」孫詒讓畢竟是到了二十世紀的人，觀點是進步了。

兒童雜事詩

甲之三　下鄉作客

下鄉作客拜新年，半日猴兒着小冠。
待得歸舟雙櫓動，打開帽盒吃桃纏。

【原注】新年客去，例送點心一盒置舟中。紙盒圓扁，形如舊日帽盒，俗即以紙帽盒稱之。合錦點心中以核桃纏，松仁纏為上品，餘亦只是雲片糕、炒米糕之類而已。

【箋釋】 本首原為「新年三」，改題「下鄉作客」。

《亦報隨筆・拜年看遊記》：「小時候往親戚家拜年，往往要費好幾天工夫。例如祖母家母親家，姑婆一家，姑母兩家，都在鄉下，去時須坐船，總有五七十里的水程，早去晚歸，白天短的時節已是漆黑，要拿了燈籠下船步來了。有時便開夜船，早上到一家，只吃點心，中午又到一家，吃了飯下船，次早再到別家去，可以從容地回家來，無論怎樣走法，反正至少是一整天……拜年照例要戴胡人的紅纓帽，裝在皮帽盒裏。」帽盒係皮製，裝點心的紙盒則只是叫作「帽盒」罷了。

小孩下鄉作客所戴的「胡人的紅纓帽」，即是清朝時通行的帶紅纓的禮帽，亦即是「半日猴兒着小冠」的小冠。「猴兒」則是好動的小孩的諢稱，周氏所譯英國勞斯（Rouse）著《希臘的神與英雄》中說過：「我常看見小孩們很像那猴子，就只差一條尾巴。」

「猴兒着小冠」不會舒服，好在一整天不至於都呆守在親戚家，所以充其量不過半日受拘束，「待得歸舟雙櫓動」，便仍然回到了自己的世界，可以「打開帽盒吃桃纏」了。

這裏所說的「帽盒」，其實乃是一種點心盒，也就是原注中所謂「合錦點心」，從商店裏買來現成裝好的。觀魚《回憶魯迅房族和社會環境三十五年間的演變》記幼時偕鳴山、啓明，喬峰往德姑太太家作客，「晚間她每天每人給我們一個線帽盒（是紹地合錦茶食的名稱），備夜間的充飢」。啓明即周作人，喬峰即周建人，觀魚的記述正好作「打開帽盒吃桃纏」的注腳。

《紹興的風俗習尚》介紹婚嫁時女家接待男家行郎的場面：「什錦茶食，俗稱紙帽盝，每人兩盒。」盝，音 lù，古人放首飾、印璽的匣子。《正字通》：「今人以櫝匣小者為盝。」

周作人日記庚子三月廿七日：「下午小皋步遣人來，交來茶葉、蛋糕、茯苓糕等二茶盒。」帽盒、帽盝、茶盒，都是同一種裝點心的圓扁紙盒而異其稱。

《木片集‧南北的點心》：「南方茶食中有些東西是小時候熟悉的，在北京都沒有，也就感覺不滿足，例如糖類的酥糖、麻片糖、寸金糖，片類的雲片糕、椒桃片、松仁片，軟糕類的松子糕、棗子糕、蜜仁糕、橘紅糕等；此外有纏類，如松仁纏、核桃纏，乃是乾果上包糖，算是上品茶食，其實並不怎麼好吃。」所說的核桃纏，詩中簡稱「桃纏」。「纏」係記紹興音，長沙話唸作「佔」。過去有一種叫作「麻佔」的零食，據云係將糕餅碎屑混合，滾成指頭大圓粒，再沾上些糖霜和芝麻製成，卻只能與條子糕之類為伍。我們做小學生時也不怎麼看得起它的。

兒童雜事詩

甲之四　上元

上元設供蠟高燒，堂屋光明勝早朝。
買得雞燈無用處，廚房去看煑元宵。

買得雞燈無用處
廚房去看煮元宵
子愷畫
緣緣堂畫箋

【箋釋】 農曆正月十五為上元，通稱元宵，乃是兒童過新年遊戲活動最後的高潮，其主要特色則是燈火。長沙過去有兒歌，「三十夜裏火，元宵夜裏燈，十五十六玩龍燈」，充分說明了燈火元宵的熱鬧。

《兒童雜事詩跋》云，友人們覺得「兒戲部分遺漏太多……過年這時節還有許多事可記，特別有趣味的是看燈頭（火）」。其實這一首也寫了「堂屋光明」，此即與點燈燒燭有關，還有買雞燈、煮元宵，都是應時節的事。

觀魚《紹興風俗習尚》述上元風俗：「到上燈夜（正月十三日）再重新點燭上香，燭也比以前大一點。香燭之外還要供『燈元』，又名『元宵』，亦稱『打大』，是有餡的大湯團（鍾按：本書後來又介紹說，係用豆沙和生豬油、白糖、松仁、桃仁為丸作餡，在糯粉中滾拌而成），每像位供一碗，每碗兩個到三個。於這之外，還把像前原供着的高茶一律撤去，換上『水茶』。所謂水茶實際並沒有水，是把刨皮甘蔗切成短節，一綹綹地撕開，和金橘、荸薺混合着放在蓮子盅裏，每像位前供一盅……另外還把原供着的一切花脫高盤（包括枝圓桃棗、九雲鑼）也都一律撤除，換成十六平盤，是四蜜餞……四水果……四茶食……二點心……二乾果……從十三晚起至十五晚止供三天撤去。在這三天之中，每晚都須點香燭和供元宵……」

這時還特別說明，上供所點「燭也比以前大一點」。

紹興的上元燈火自古有名。《嘉泰會稽志》：「元宵前後三夕，比戶接竹棚懸燈，朱門華屋，出奇炫耀，豪奢相矜。」可見宋時紹興的燈即已十分熱鬧。《陶庵夢憶・紹興燈景》：「紹興燈景為海內所誇者無他，竹賤燈賤燭賤，賤故家家可為之，賤故家家以不能燈為恥，故自莊逵以至窮簷曲巷，無不燈無不棚者。」三百年過去了，觀魚所記「點起白紙糊的一盞大方燈，燈面上滿粘着上寫謎面，下注應該打哪類事物和打中後的獎品的條子」，和張岱文中「搭木棚掛大燈一，俗曰呆燈，畫四書千家詩故事，或寫燈謎，環立猜射」，至今仍然沒有多大區別。當然這些都不是兒童的娛樂，他們感興趣的只是嬉花燈吃元宵罷了。

「雞燈」這個詞語，普通話和長沙話裏都沒有，只好向寧紹人請教。承勞祖德（谷林）先生函告：「紹興小兒所嬉花燈，用篾紮成，外糊紅綠紙，中點小燭，有荷燈、兔燈、雞燈諸名目，各肖形狀。紹興俗於正月十四夜照蛇蟲，兩小兒一提花燈，一執被笏（晾棉絮時拍打用，藤條製），歌云：十四夜，照蛇蟲；蛇蟲有，把打殺；蛇蟲沒，把踏殺；呵叱呵叱，趕到茅山吃草去。照蛇蟲特於屋角暗陬，十五夜堂屋光明，花燈遂無用矣。」「買得雞燈無用處」這句詩，在此也得到了解釋。

插圖中兩個小孩高高舉起「廚房去看煮元宵」的，便是兩盞「各肖形狀」的雞燈。

兒童雜事詩

甲之五　風箏

鮎魚飄蕩日當中，胡蝶翻飛上碧空。
放鷂須防寒食近，莫教遇着亂頭風。

【原注】鮎魚、胡蝶皆風箏名，俗稱曰「鷂」，因風箏作鷂子形者多也，小兒則重疊其詞呼之曰「老鷹鷂」。

【箋釋】 兒童春日放風箏。明陳沂《詢芻錄》：「風箏即紙鳶，又名風鳶。初五代漢李業於宮中作紙鳶，引線乘風為戲。後於鳶首以竹為笛，使風入作聲為箏，俗呼風箏。」可見它本來是因鳥而得名的玩物，俗稱曰鷂的歷史可能還在得名風箏之前。明郎瑛《七修類稿》：「紙鳶五代漢隱帝與李業所造……俗曰鷂子者，鷂乃鷙鳥，飛不太高，擬今紙鳶之不起者。」風箏則原是掛在殿閣簷下風時作聲如箏的金屬片，李白《登瓦官閣》詩「兩廊振法鼓，四角吟風箏」可證。

顧張思《土風錄》：「清明前後兒童競放紙鳶，謂之鷂子，取其乘風高颺也，或作鷹隼形，呼曰『老鷹鷂』。」

放鷂是紹興兒童早春二月頂喜歡的遊戲，卻牽涉到周家兄弟間一樁可以由小見大的往事。魯迅《野草・風箏》：「我的小兄弟，他那時大概十歲內外罷，多病，瘦得不堪，然而最喜歡風箏……」這小兄弟即周建人，所作《魯迅故家的敗落》第十六節也說：「我對放鷂發生濃厚興趣……我做的風箏特別精巧，都裝上風輪（也叫風盤），正面裝有倒三角形的線，叫鬥線，這樣的風箏，不會在空中翻跟斗的。」魯迅說自己「以為這是沒出息孩子所做的玩藝」，曾經動手破壞小兄弟將要完工的風箏，「伸手折斷了蝴蝶的一支翅骨，又將風輪擲在地上踏扁了」，對他進行「精神的虐殺」。但這件事情周建人書中卻並沒有說到，不知是「弟為兄隱」呢，還是真如魯迅所說的，「他甚麼也不記得了」。

周建人《魯迅與周作人》說過，「周作人從小性情和易，很好相處」，所以他似乎並未介入大哥哥和小兄弟之間的糾紛。而且從己亥、庚子年的日記看，周作人自己在十六歲以前也是個放鷂迷。己亥正月初九日遣章慶購熟桐油四兩，走線一枚，顯然是做風箏用。十三日作題天官風箏詩一首：「飄飄兩腋覺風生，搔首看時識是君。舉目山河皆有異，遍身錦繡盡成文。上天定有沖天翮，下世還為救世臣。自嘆無能不如汝，羨君平步上青雲。」這風箏可能即是他自己所做的。十八日，又購蝙蝠風箏一具，洋七分。廿六日得一燕子鷂。三十日，糊花籃風箏一具，旁註云，初一斷去。二月初六日又購花籃風箏一乘，洋二分八。初七日購真鷹風箏一具，洋八分。十五日，粘鮎魚風箏一乘，斷去。庚子二月初一日買八卦鷂一具，計洋一角五分。二月初五日代嵩弟買鷂線四兩，每兩十八文。三月初四日，於園中得一蝴蝶鷂。

肯給弟弟買風箏線的周作人，當然不會「以為這是沒出息孩子所做的玩藝」，更不會動手動腳折斷翅骨踏扁風輪的了。

亂頭風，即旋風，放鷂時最怕的。

兒童雜事詩

甲之六　上學

龍燈蟹鷂去迢迢，關進書房耐寂寥。
盼到清明三月節，上坟船裏看姣姣。

【原注】 兒歌有云，正月燈，二月鷂，三月上墳船裏看姣姣。彈詞中猶有「美多姣」語。

【箋釋】 本首題云上學，其實只寫「龍燈蟹鷂」熱鬧過後被「關進書房」的兒童對「上墳」去的渴望，因為這總是親近大自然的一個機會，容得些自由活動。第四句不過是趁韻，范寅《越諺》上卷《語言・謠諺之諺第七》有「遊蕩子輕薄謠」云：「正月燈，二月鷂（即紙鳶），三月上墳船裏看姣姣。」所云「遊蕩子輕薄」也絕不會是兒童的心理狀態。

《藥味集・上墳船》：「紹興墓祭在一年中共有三次，一在正月曰拜墳，實即是拜歲，一在十月曰送寒衣，別無所謂衣，只是平常拜奠而已。這兩回都很簡單，只有男子參與，亦無鼓吹，至三月，則曰上墳，差不多全家出發。舊時女人外出時頗少，如今既是祭禮，並作春遊，當然十分踴躍，兒歌有云，『正月燈，二月鷂，三月上墳船裏看姣姣』，即指此。姣姣蓋是昔時俗語，紹興戲說白中多有之，彈詞中常云美多姣，今尚存『夜姣姣』之俗名，謂夜開的一種紫茉莉也。」

《魯迅的故家・山頭的花木》：「上墳時頂高興的是女人，其次是小孩們。從前讀書人家不准婦女外出，其唯一的機會是去上墳……坐了山轎到山林田野兜一個圈子，況且又正是三月初暖的天氣，怎能不興會飆舉的呢？小孩們本來就喜歡玩耍，住在城市裏的覺得鄉下特別有趣，書房裏關了兩個月，盼望清明節的到來，其迫切之情是可以想像得來的。但他們的要求也只是遊玩而已，鄉下兒歌有云：『正月燈，二月鷂，三月上墳船裏看姣姣。』雖然說得很好，卻是成人替他們做的，因為這不能說是兒童的本心。某處地方有俗諺云：『花不如糰子。』我覺得可以接續一句云：『女人不如花。』這至少在上墳船裏的小孩們是可以如此說的。」

糰子是日本人常吃的米食，有如下江一帶的糕米糰。所謂某處地方，說的即是日本。《亦報隨筆‧看姣姣的來源》則更進一步，不同意《越諺》把這首歌題作「遊蕩子輕薄謠」，謂妻子匡《越歌百曲》亦引此首，底下還有兩句，「四月車水戴箬帽，五月太陽底下捉噶蚤」，講的又是農夫的生活。然後說道：「我小時候是把這歌看作說兒童生活的，至今還保留這個成見。這裏邊沒有多大輕薄成分，說農夫呢，到市鎮去看燈頭，蹲在田塍上看女人固然也可以，但放鷂卻沒有工夫，單是看看是沒甚麼趣味的。所以我仍是維持我的意見，姣姣這字雖然不是真正方言，但因彈詞中的美多姣，以及戲文裏公子與幫閒的說白中常有姣姣的話，在民間也是很通行的了。」

姣姣這個語詞，本只是對小孩的愛稱，後來轉作美貌女子的昵稱，除吳越等地外，別處似很少使用。

兒童雜事詩

甲之七　掃墓歸來

掃墓歸來日未遲，南門門外雨如絲。
燒鵝吃罷閒無事，繞遍墳頭數百獅。

【原注】

百獅墳頭在南門外，掃墓時多就其地泊舟會飲。不知是誰家墳墓，石工壯麗，相傳云共鑿有百獅，但細數之亦才有五六十耳。

【箋釋】 原題「掃墓」詩共有三首，即本首和甲之八、九，現在則分別題作「掃墓歸來」、「映山紅」、「坐山兜」。本首寫掃墓歸來時，將船停泊在中途吃上墳酒的情形。

晚明張岱《陶庵夢憶・越俗掃墓》：「越俗掃墓，男女袨服靚妝，畫船簫鼓，如杭州人遊湖……雖監門小戶，男女必用兩座船，必巾，必鼓吹，必歡呼鬯飲；下午必就其路之遠近，遊庵堂寺院及士夫家花園。」這是紹興水鄉獨特的風俗。《魯迅的故家・上墳船裏》：「上墳這事中國各處都有，但坐船去的地方大概不多，我們鄉下可以算是這種特別地方之一。因為是坐船去，不管道路遠近，大抵來回要花好大半天的工夫，於是必要在船上喝茶吃飯，這事情就麻煩起來了……庵堂寺院並不遊玩了，但吃上墳酒時大抵找一處寬適地方停泊，烏石頭就在那山村河岸，龍君莊則到相距不遠的百獅墳頭去……調馬場因路遠，下山即開船，所以只能一面搖着船，一面吃着酒了。」

關於「百獅墳頭」，原注已經説得很是明白，別無需要補充之處。但《藥味集・上墳船》特別談到歸途吃上墳酒：「分別午餐，各船一桌，照例用『十碗頭』，大抵六葷四素……此等家常酒席的菜與宴會頗不相同，如白切肉、扣雞、醋溜魚、素雞、香菇鱔、金鈎之類，雖出廚司之手，卻尚少市氣，故為可取。在『十碗頭』中還有一種食味，似特別不可少者，乃是燻鵝，據《越諺》注云係斗門鎮名物，惜未得嚐，但平常製品亦殊不惡，以醋和醬油蘸食，別有風味，其製法雖與燒鴨相似，唯鴨稍華貴，宜於紅燈綠酒，鵝則更具野趣，在野外舟中啖之，正相稱耳。」

這種燻鵝便是詩中寫到的燒鵝。《亦報隨筆・吃燒鵝》：「小時候掃墓採杜鵑花的樂趣到了成年便已消失，至今還記憶着的只有燒鵝的味道，因為北方沒有這東西，所以特別不能忘記亦未可知。在鄉下的上墳酒席中一定有一味燒鵝，稱為燻鵝，製法與北京的燒鴨子一樣，不過他並不以皮為重，乃是連肉一起，蘸了醬油醋吃，肉理較粗，可是我覺得很好吃。」六十六歲的人還吃得小時候的味道，亦可見當時印象之深刻了。

鵝這種食物，現在的地位似乎比雞鴨要低些，正式筵席不見有牠，但過去並不如此。明人筆記《觚不觚》記宴請巡按筵席必進子鵝。〈大清會典〉記光祿寺一等漢席二十三碗，也有鵝在內。俞樾《茶香室續抄》有一條〈明人以食鵝為重〉，更證明了這一點。當然這說的是五嶺以北的情形，如今南風北漸，追星男女以說話帶「廣東尾子」為時尚，燒鵝的地位之恢復，亦正是當然也。

兒童雜事詩

甲之八　映山紅

牛郎花好充魚毒，草紫苗鮮作夕供。
最是兒童知採擇，船頭滿載映山紅。

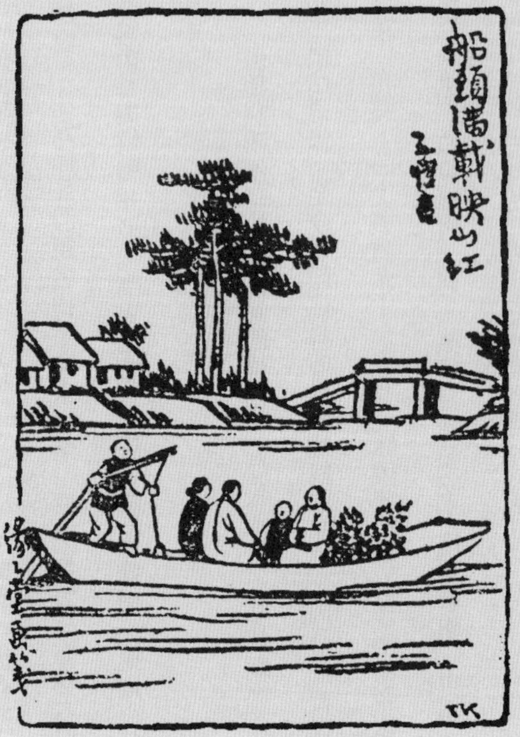

【原注】

牛郎花色黃，即羊躑躅，云羊食之中毒，或曰其根可以藥魚。草紫即紫雲英，農夫多植以肥田，其嫩苗可瀹食。杜鵑花最多，遍山皆是，俗名映山紅，小兒掇花瓣咀嚼之，有酸味可口。

【箋釋】這一首原為「掃墓二」，寫到了途中所見的三種花。牛郎花即羊躑躅，學名 Rhododendron molle，為杜鵑花科的一種，花色鮮黃，有毒性，又稱「鬧羊花」，羊誤食後躑躅不行，故名。原注云其根可以藥魚，這和湖南鄉下用榨茶油的「茶枯」下在塘裏使魚翻白浮起後撈取的法子是一樣的。

草紫即紫雲英，是水稻地區普遍種植使用的綠肥。

映山紅通常被認為是杜鵑花的別名，其實顯花植物木蘭綱杜鵑花目杜鵑花科有一百一十屬四千多種，映山紅只是杜鵑花屬（Rhododendron）中某些種的統稱，並曾劃為獨立的映山紅屬（Azalea），特徵為落葉或半落葉灌木，花深漏斗形，叢生枝端，色粉紅以至白色。

《越諺》對這幾種花草亦有介紹：「牛郎花，黃色，如南瓜花而小，生山林中。」「草紫，此子撒田，春茁草開花結子，其草糞田。」「蔭山紅，即杜鵑，生柴乍中，掃墓時盛開。」又「柴乍，山間有一種，盤錯老根，逢春生稊，名此。乍音滋，從俗。」

周作人日記己亥三月初七日，「同三弟，衍伯，方、昌、新三叔，廿八再叔，同予七人往富盛拜墳，折得刺柏四株，躑躅三株，牛黃花數枝回」。牛黃花疑即牛郎花。周建人《魯迅故家的敗落》第十節回憶隨大人上墳時，「我們的興趣卻在漫山遍野的跑，採集映山紅，把花瓣放在嘴裏嚼，有一股清香和酸味；再採集紫雲英，把紫紅色的花朵串作球……」

周作人他們掃墓時挖得野生花木帶回來種植，詳見集外文《種花和種菜》：「小時候我們很種些花過……主要是映山紅和『老勿大』（《花鏡》上有紀錄叫『平地木』）和普通所謂羊躑躅。這都在山上野生，要去拔來種，平常沒有機會，便只可趁上墳的時候了……映山紅是普通的植物，但是平常不易得，因為在山裏根株很大，每年當柴火砍掉，長出來的嫩枝很細，往往無處下手，所以變得名貴難得了。此外有一種黃色的羊躑躅，俗名牛郎花，是有毒的，雖是難得，種的人也就少了。」

《雨天的書・故鄉的野菜》說草紫「採取嫩莖瀹食，味頗鮮美，似豌豆苗。花紫紅色，數十畝接連不斷，一片錦繡，似鋪着華美的地毯。而且花朵狀若蝴蝶，又如雞雛，尤為小孩所喜……浙東掃墓用鼓吹，所以少年們常隨了樂音去看上墳船裏的姣姣；沒有錢的人家雖沒有鼓吹，但是船頭上篷窗下總露出些紫雲英和杜鵑的花束，這也就是上墳船的確實的證據了。」

兒童雜事詩

甲之九　坐山兜

跳山掃墓比春遊，歲歲乘肩不自由。
喜得居然稱長大，今年獨自坐山兜。

【原注】

跳山在會稽東門外，即漢大吉摩崖所在地。兜子轎為山行乘物，兩竹槓間懸片板作坐位，繩繫竹木棍為踏鐙，二人舁之甚輕便。小兒出行，多騎傭人肩上。姜白石詞「只有乘肩小女隨」，可知此風在南宋時已有矣。

【箋釋】本首原為「掃墓三」，現題作「坐山兜」。詩開頭寫的跳山，卻是錢鏐（五代時候的吳越國王，入宋後死謚武肅）的故事。《飯後隨筆・錢大王的歌》：「吳越王錢鏐……鄉下通稱錢大王，是從販私鹽發跡的英雄……會稽有跳山（鍾按：紹興在一九一二年以前為會稽、山陰兩縣），原有東漢摩崖刻字全被苔蘚埋沒，只露出末了一個錢字，村人傳說是他的遺跡，賣鹽遇捕役，跳上山崖逃走，遂以名山云。」

跳山的大吉摩崖本是紹興有名的古蹟，牽涉到錢大王卻是由於誤會。清悔堂老人《越中雜識》下卷「碑版下」：「吳越武肅王書『大吉』二字，在府城東南三十里跳山石壁上，相傳武肅微時賣鹽遇官兵，逃難於此，以指書『大吉』字於石壁，指痕入石者寸許，今字並指腳跡俱存。」甚麼「指痕入石」當然是神話，摩崖石刻其實是東漢建初元年的古蹟，「大吉」二字下刻字五行云：「昆弟六人／共買山地／建初元年／造此冢地／直三萬錢。」建初元年即公元七十六年，還要過七百七十六年錢鏐才出世。

錢鏐活了八十歲，他死後八百九十一年，清道光三年山陰金石家杜氏兄弟到跳山，發現了「只露出末了一個錢字」的古碑，因勒石其旁，自稱「後一千七百四十六年獲石同觀」。由此可見，此大吉摩崖與錢大王其實是毫無關係的。

中國被專制帝王統治得太久了，老百姓養成了崇拜帝王的習慣，越是「厲害」的帝王，越是有人崇拜，死後還造出他們如何如何「了不起」的種種神話，「指痕入石者寸許」即其一也。

掃墓事實上也就是春遊。周作人庚子年三月十六日記：「至富盛埠，乘兜轎過市行三里許，越嶺約千餘級。山上映山紅牛郎花甚多……竹萌之出土者粗如碗口而長僅二三寸，頗為可觀。忽聞有聲如雞鳴，閣閣然山谷皆響，問之轎夫，云係雉雞叫也。又二里許過一溪，闊數丈，水沒及骭，舁者亂流而渡。」是年他十六歲，獨自坐山兜應是老資格了。

兜轎，即是山兜，俗稱兜子。俞曲園則稱為篼子，《春在堂隨筆》卷二記所見者云：「舁夫以兩竹竿懸坐具於下，並懸尺許之竹以承雙足，遊人踞坐其上。……後聞勒少仲同年云，江西多有之，名曰掇子，掇音讀如篤，余疑兜字之轉音。又思竹、馬二字，合書之即為篤，竟名『篤子』，亦於義有取。」

《紹興的風俗習尚》：「兩根竹槓當中掛一根繩縛一塊竹片，人可以坐在上面，再掛兩根比較長的繩縛上一塊狹小的竹板給人踏腳，這就是兜子轎的構造。」

兒童雜事詩

甲之十　書房小鬼

書房小鬼忒頑皮，掃帚拖來當馬騎。
額角撞牆梅子大，揮鞭依舊笑嘻嘻。

【箋釋】「書房」詩共二首，今將本首題作「書房小鬼」。

集外文《書房裏的遊戲》：「現今教育發達，中小學不必說了，便是托兒所幼兒園也是到處都是，所以說起書房來，幾乎要不大有人知了……從前沒有學校的時代，兒童讀書只有入塾的一法，書塾計有兩種，甲是家館，乙是私塾……李越縵的駢體文裏有一篇《城西老屋賦》，雖是四六文，卻寫得很有情趣。」

賦文摘錄如下：「維西之偏，實為書屋……予之童騃，踞觚而讀。先生言歸，兄弟相速。探巢上樹，捕魚入洑。拾磚擬山，激流為瀑。編木葉以作舟，揉藤枝而當軸。尋蟋蟀而鬭牆，捉流螢而照讀。俟鄰灶之飯香，共抱書而出塾。」上樹，入洑，尋蟋蟀，捉流螢……便是舊時「書房小鬼」們玩得笑嘻嘻的時候。

但不要說「探巢上樹，捕魚入洑」了，就是「額角撞牆梅子大」這樣的頑皮事，周作人當年好像也很少幹過。據《知堂回想錄》第八節，他讀書時的遊戲其實是十分寒傖可憐的：「我在癸巳年避難以前，曾經在廳房——大廳西偏的小書房裏，同了庶出的叔父伯升讀過半年的書……（先生）沒有甚麼本事，可喜也並不嚴厲，因此也少來管束我們。我至今記不起在他手裏讀了些甚麼，事實上我那時《中庸》還未讀了呢，因此我記得的便是在廳房的一間小花園玩耍的事情……最記得的，乃是羅漢松樹下所埋着的兩隻『蔭缸』，這乃是不大不小的缸，埋在土裏，缸裏盛着水，這水不是清澈的雨水，卻是不知經歷幾多年的青黑色的水，裏邊積存腐爛的樹葉大半缸，這是我們親手淘過，所以知道的。説也奇怪，我們托詞讀書，躲在廳房裏邊，關上了門，卻終日在園裏淘那兩隻水缸，將裏邊的樹葉瓦礫清理出來，居然沒有中甚麼毒，連在預料中的蜈蚣毒蛇癩蝦蟆之屬，也一隻都沒有碰見過，真是奇事。」

值得幸運的是，周作人總還有先生「少來管束」的童年，總還可以終日淘水缸玩耍；後來的新式學堂裏卻未必能有這樣的待遇。《苦竹雜記・談中小學》：「我並不説現今的學校制度不及從前書房私塾好……我只覺得現在的中小學校太把學生看得高，以為他們是三頭六臂……一天八點十點的功課，晚上做各種習題幾十道……我想這種教育似乎是從便宜坊的填鴨學來的，不過鴨是填好了就預備烤了吃的，不必管他填了之後對於鴨的將來生活影響如何，人當然有點不同罷，填似可不必，也恐怕禁不起填。」

上文還引前人所述俞君宣逸事，「俞臨沒時語所親曰，吾死無所苦，所苦此去重拘書包上學堂耳。」接着道：「俞君宣大約是滑稽之雄，所以説得很是好玩，但是我覺得在這詼諧之中很含有悲哀的分子，非意識地顯出對於兒童時代生活的惆悵……由此觀之，兒時快樂之多為學堂所破壞，蓋很可以明瞭了。」

俞君宣，名琬綸，明長洲人，萬曆進士，以文采風流知名。

兒童雜事詩

甲十一　帶得茶壺

帶得茶壺上學堂，生書未熟水精光。
後園往復無停趾，底事今朝小便長。

【原注】書房中當日所授讀之書，謂之「生書」。

【箋釋】本首原為「書房二」，今題作「帶得茶壺」，這和上首一樣，不過用了開頭的四個字。詩的原意，也只是寫兒童在書房中淘氣，藉口小便「後園往復無停趾」而已。

在事實上，小學生未必都會「帶得茶壺上學堂」，但茶水喝得多是無疑的，這大抵是由於本地的生活習慣使然。《魯迅的故家・茶水》：「舊例，一面起早煮飯，一面也在燒水泡茶，所以在吃早飯之前，就隨便有茶水可吃。家裏大茶几上放着一把大茶壺，棉套之外再加草囤，保護它的溫度，早晚三次倒滿了，另外沖一悶碗濃茶汁，自由配合了來吃。夏天則又用大缽頭滿沖了青蒿或金銀花湯，等涼了用碗舀，要吃多少是多少。」

此種將開水和茶汁「自由配合了來吃」的喝茶水的方式，又見於《苦竹雜記・隅田川兩岸一覽》：「我從小學上了紹興貧家的習慣，不知道喝『撮泡茶』，只從茶缸裏倒一點茶汁，再羼上溫的或冷的白開水，骨都骨都地嚥下去。」

這樣「骨都骨都地嚥下去」，而且「在吃早飯之前」便開始「要吃多少是多少」，即使不帶上那大茶几上「棉套之外再加草囤」的大茶壺到學堂繼續喝，自家肚皮裏的茶水也足夠「後園往復無停趾」的了。

小便長的原因是茶水喝得多，茶水喝得多的原因，則是「書房中當日所授讀」的生書必須讀熟。那麼，甚麼是「生書」呢？

鄭方坤《刪補五代詩話》：「鄉塾教子弟未讀之書謂之生書，已讀之書謂之熟書。」

形容昔時鄉塾課讀生書情形淋灕盡致的，有郭堯臣《捧腹集．詩鈔》中《蒙師嘆》之九：「一陣烏鴉噪晚風，諸生齊逞好喉嚨。趙錢孫李周吳鄭，天地玄黃宇宙洪。千字文完翻鑒略，百家姓畢理神童。就中有個超群者，一日三行讀大中。」還有魯迅《從百草園到三味書屋》：「真是人聲鼎沸，有唸『仁遠乎哉我欲仁斯仁至矣』的，有唸『笑人齒缺曰狗竇大開』的，有唸『上九潛龍勿用』的，有唸『厥土下上上錯厥貢苞茅橘柚』的……」

三味書屋的學生能夠享受到「小便自由」，比起別處來，可謂難得。《知堂回想錄》第九節，記王廣思堂塾師「設用甚麼『撒尿籤』的制度，學生有要小便的，須得領他這樣的籤，才可以出去。這種情形大約在私塾中間，也是極普通的，但是我們在三味書屋的學生得知了，卻很是駭異，因為這裏是完全自由，大小便時徑自往園裏走去，不必要告訴先生的。有一天中午放學，我們便在魯迅和章翔耀的率領下前去懲罰，攫取筆筒裏插着的『撒尿籤』撅折，將硃墨硯覆在地下，筆墨亂撒一地」。

這場風潮，大約是周氏兄弟對不合理規矩最早的一次反抗。

兒童雜事詩

甲十二　立夏

新裝扛秤好秤人，卻喜今年重幾斤。
吃過一株健腳筍，更加蹦跳有精神。

【原注】

立夏日秤人以防蛀夏，大概原來於立秋日重秤一回，以資比較，但民間忘其意義矣。是日以淡筍納柴火中燒熟，去殼食盡一株，名曰健腳筍。

【箋釋】 扛秤是需人扛抬或懸於槓上使用的大秤。顧祿《清嘉錄》云，立夏日「家戶以大秤權人輕重，至立秋日又秤之，以驗夏中之肥瘠」。觀魚《紹興的風俗習尚》卻說，立夏秤人「記出重量和上年秤過的重量作一比較」。其實無論是和立秋比還是和上年比，目的都在「驗肥瘠」以「防蛀夏」。

《亦報隨筆・今年的立夏》：「因為要蛀夏，身體免不了要瘦斤把，所以秤了來看各人的健康狀態是怎麼樣。」

嘉興吳受福增補《古禾雜識》云，嘉興正月初七人日「俗喜秤人，謂秤則可免一年疾病，此例大約始行於小兒，秤之以驗逐年增長……立夏日亦有是例，謂可禳蛀夏之患」。

蛀夏一作注夏，又作疰夏。《清嘉錄》云：「俗以入夏眠食不服曰注夏。」案語又引顧治齋之說：「疰與注當作蛀，入夏不健，如樹木之為蟲蛀也。」

健腳筍也是為了防蛀夏，使能「更加蹦跳有精神」的，燒熟須「去殼食盡一株」，所以不能用毛筍，只能用淡筍。壬寅日記附《（江南）雜記》：「淡筍無大者，長只五六寸……」

淡筍為淡竹之筍。元李衎《竹譜詳錄》：「淡竹處處有之……葉入藥為良，筍食亦佳。」《越諺》卷中「竹木部」：「淡竹，春夏之間生淡筍，秋生鞭筍最佳，葉堪療疾。」

雖然淡竹的葉「入藥為良」「堪療疾」，初版箋釋說「淡筍是生長藥材淡竹葉的淡竹所發出的筍」卻是不對的。淡竹葉並非淡竹之葉，而是另外一種不同的植物，雖然二者同屬禾本科。《中國竹類圖志》收錄了竹亞科（木本竹類）四十三屬七百零七種，淡竹為竹亞科剛竹屬五十八種中的第二十三種，高可達十二米，為筍材兩用竹。淡竹葉則不屬於竹亞科，乃是禾亞科淡竹葉屬的一種草，高僅數十厘米，根本不會發筍。

《木片集・閒話毛筍》：「毛筍生得極大……稍大的輒有一二十斤重……毛筍之外還有淡筍，乃是淡竹的筍，似乎是單薄一點。笑話書裏說有南人請北人吃飯，菜中有筍，客問是何物，主人答說是竹，客回家煮其牀簀良久不爛，遂怨南人見欺。這裏所說的似乎是指淡筍，因為若是毛筍當不難分辨是竹了。」

淡竹頭尾較勻，節間較長，本是製作竹蓆的好材料。

沈括《夢溪筆談》：「淡竹對苦竹為文，除苦竹外悉謂之淡竹，不應別有一品謂之淡竹；今南人食筍，有苦筍淡筍兩色，淡筍即淡竹也。」將全世界竹亞科七十五屬一千二百多種竹子「除苦竹外悉謂之淡竹」，大籠統了，恐很難稱之為科學的觀察。我們想弄明白甚麼是淡筍（竹），還只能靠現代的植物分類學也。

兒童雜事詩

甲十三　端午

端午須當吃五黃，枇杷石首得新嘗。
黃瓜好配黃梅子，更有雄黃燒酒香。

【箋釋】「端午須當吃五黃」是紹興人的風俗，「五黃」指五種名字或顏色帶黃的食品。哪五種呢？從詩中看是枇杷、石首、黃瓜、黃梅、雄黃酒，觀魚《紹興的風俗習尚》則說是黃鱔、黃魚（亦即是石首）、黃梅、王瓜（紹興人讀音黃王不分）、雄黃酒。這些東西，其實別處地方的人也是吃的，只要當地有出產，不過不一定得湊齊五樣，因此也不見有「吃五黃」這種說法。中國幅員廣大，各地風俗大同小異，使人感興趣的往往是其異而非其同，民俗研究正應該多注意這些方面。

石首即黃魚，頭中有骨兩枚如豆大，色白堅如石，故稱。產於海中，腹色黃，又稱「黃花魚」。周作人日記庚子年三月初三日：「下午章棲來，嘗石首，即鱨也，越名黃魚，杭呼江魚。」從前江浙沿海一帶，這是極為普通的食材，現在則物以稀為貴，難得吃到了。至於在內地，比如我們湖南長沙，過去交通不發達，少見海鮮，人們不大會想得去找來吃，它也就不會成為應時節的供應了。

《亦報隨筆・端午節》：「端午的枇杷黃梅，立夏的櫻桃，上墳時節的黃菱肉，雖然或者這不能嚴格的說是時新，但在將近梅酸藕爛蔗空心的時候，它也自有其地位的。」「五黃」中水果佔了兩樣，也是江浙一帶才有的特色。

《越諺》卷中「風俗部」：「蒲黃酒，菖蒲雄黃入燒酒，端節午飲，飲後噴壁角門背辟毒。」

菖蒲入酒，古時盛行，可能因為菖蒲不太易得，便只吃雄黃酒。小孩子未必會得飲酒，端午節飯桌上的燒酒香卻總會聞得到。後來科學知識普及，人們知道雄黃有毒不宜入口，則雄黃酒也少有吃的了。

這首詩專敘端午食物，小孩好吃，畫也特別強調孩子們饞涎欲滴甚至是已滴的情形。本來飲食娛樂在民俗節日中有它重要的地位，保留了童心的作者常常會寫到這些。《端午節》文中曾加以分析道：

「……農曆上有些季節在民間仍然存在，那是當然的。舉一個近例，有如端午，就快要到來了。這些季節怎麼起源，有甚麼意義，可以不去管它。如端午吃粽子，說是祭屈大夫的，那是從前讀書人搞的把戲，真假都是沒有關係的事。現今重要的是這成為民間的一個娛樂的節日，有如休假的星期日，加上有適宜的天氣，時新的土產，大家聚會來樂一樂，隨後再埋頭努力去做事，它的作用也不是沒有。這在都市中沒有多大必要，反正粽子早已滿街賣了，枇杷也是水果店都有的，若是在鄉村裏，不是為了端午，粽子就未必有人吃，有人裏的了。有些時鮮土產物，也往往因了季節多能行銷……一年中讓大家有幾回飲食娛樂的機會我想也是很好的，端午就是其一，此外有中秋、冬至、夏至，中秋吃月餅，冬至餛飩夏至麵，也是老例……」

兒童雜事詩

甲十四　蒲劍艾旗

蒲劍艾旗忙半日，分來香袋與香球。
雄黃額上書王字，喜聽人稱老虎頭。

【箋釋】 本首原為「端午二」，現題作「蒲劍艾旗」。

《越諺》卷中「風俗部」收錄了兩副對聯，一副是：「菖蒲作劍，斬八節之妖魔；艾葉為旗，招四時之吉慶。」又一副是：「蒲龍獻瑞；艾虎呈祥。」說是端午節寫了貼在牀柱上的。這「蒲劍艾旗」和「蒲龍艾虎」其實是一樣事物，就是採來菖蒲葉和艾草，紮掛在牀頭或門前，以辟邪袪穢。

這是普及全國的古老風俗，大概與菖蒲和艾都是有治病功效的芳香植物不無關係。晉時成書的周處《風土記》云：「採艾懸於戶上以蠲毒氣。」又云：「或剪彩為小虎，貼以艾葉，內人爭相裁之……其後更加菖蒲，或作人形，或肖劍狀，名為蒲劍，以驅邪禦鬼。」此即「蒲劍」「艾虎」的來歷，到今天至少已經一千七百多年了。

觀魚《紹興的風俗習尚・端午的種種》：「門窗、牀鋪遍插艾葉、菖蒲，用蒼朮、白芷等藥物做氣味濃厚的蚊煙堆，門上貼張天師和道士送來的符，另外還在黃紙上用雄黃寫『姜太公神位在此諸邪迴避』等紙條分貼於各個門窗、牀鋪、牆壁。」

周作人小時候經常接觸菖蒲和艾草。戊戌五月初五日的日記云：「作蒲劍艾旗。」庚子端午日又記：「上午作蒲劍艾旗，分插各處，又刻菖蒲根如葫蘆式以貽三弟。」

端午節小兒女們「分來」的「香袋與香球」，有形形色色各種樣式。據《紹興的風俗習尚》介紹，「有端節老虎、各式香袋、香牌、花椒小枕頭、手串等花色，以各種綢絨精製，內實香末、香料。」吳曼雲《江鄉節物詞序》：「杭俗，婦女製繡袋絕小，貯雄黃，繫之衣上，可闢邪穢。」《藥味集・蚊蟲藥》還說到女孩子們選擇杉子（鍾按：杉子應是楓子）之「形大而端正者，用水浸軟，拔去其刺，用各色絨線穿孔纏紮，狀如繡球，可作端午之彩飾」。在湖南鄉下，女孩們還有用五彩絲線纏成小粽子，兩三個聯成一串，互相贈送的。

「雄黃額上書王字」的風俗處處皆然。《越諺》「風俗部」說到「書王」：「端午飲餘酒中雄黃書王字於孩額，並抹其眼耳鼻孔，可辟蟲豸鑽入。」民國初年子靜《燕京竹枝詞》也有一首專寫此事云：「何人傳下此奇方，為避毒蟲抹雄黃。兒童頭上都有跡，整個王字印中央。」

「額上書王字」是象徵「老虎頭」，因為俗說白額大蟲的額頭上有一個王字。老虎不是甚麼可愛的東西，人們不會特別希望遇見牠。在小孩「額上書王字」，在小孩鞋帽上繡虎，或者「編錢為虎頭形，繫小兒胸前，以示服猛」（顧祿《清嘉錄》），本來不過是為了厭勝即「以毒攻毒」（也就是「以示服猛」），漸漸便知其然不知其所以然了。

兒童雜事詩

甲十五　麻花粥

早市離家二里遙，攜籃趕上大雲橋。
今朝不吃麻花粥，荷葉包來茯苓糕。

【原注】苓俗語讀作上聲，但單呼茯苓，則又仍作平聲讀也。

【箋釋】「夏日食物」詩原來亦有兩首，本首寫晨往菜市以麻花粥等充早點，故題作「麻花粥」。

詩完全是作者自述。《亦報・三頓飯》説紹興人「每天必吃三頓飯，每頓飯必現煮」，「因為早上吃飯，須得買菜做菜，菜市很早，去買的也非早不可，城內早市匆忙的情形，為別處所少見」。《知堂回想錄》第二十六節云：「每天上街買菜，變成了一個不可堪的苦事……早市是在大雲橋地方，離東昌坊口雖不很遠，也大約有二里左右的路吧，時候又在夏天，這時上市的人都是短衣，只有我個人穿着白色夏布長衫，帶着幾個裝菜的『苗籃』擠在魚攤菜擔中間，這是一種甚麼況味，是可想而知了。我想脱去長衫，只穿短衣可覺得涼快點，可是祖父堅決不許。」

周作人當時的這種苦況，看來只有麻花粥能稍微彌補。這麻花卻並非天津十八街桂發祥什錦麻花、椒鹽麻花那樣的麻花，而是人們通常稱為油條的，和燒餅同為最廉價的大眾食物，又稱油炸鬼。《苦竹雜記・談油炸鬼》：「紹興在東南海濱，市中無不有麻花攤，叫賣麻花燒餅者不絕於道。《越諺》卷中飲食門云：『麻花，即油炸檜，迄今代遠，恨磨業者省工無頭臉，名此。』案此言係油炸秦會之，殆是望文生義……」

「恨磨業者省工無頭臉」一語有些費解，大約是説買者嫌炸麻花的麵粉不好，恨磨麵粉的店家省工減料太不顧臉面了。

《談油炸鬼》文中又説：「麻花攤在早晨亦兼賣粥，米粒少而汁厚，或謂其加小粉，亦未知真假。平常粥價一碗三文，麻花一股二文，客取麻花折斷放碗內，令盛粥其上，如板橋家書所説，雙手捧碗，縮頸而啜之，霜晨雪早，得此周身俱暖。代價一共只要五文錢，名曰麻花粥。」一九三八年十二月廿一日作雜詩：「買得一條油炸鬼，惜無白粥下微鹽。」可見這粥在作者回憶中是如何的有味。

麻花以麵粉為原料油炸而成，茯苓糕則是蒸成的米粉糕。勞祖德（谷林）先生函告：「我所見過的茯苓糕，是一種用茯苓泥做餡的潮糕，每塊約一寸見方，四邊露餡，正面加蓋紅字印記，如大同、大有、大吉。潮糕云者，即此糕要吃新鮮，保持一定的潮潤度，製成後上覆濕布，一上午即售完，但又是涼的，為夏日食品也。但是現今還有不有這樣的糕賣呢？這我就不得而知了。」

《藥味集・賣糖》：「早上別有賣印糕者，糕上有紅色吉利語，此外如蔡糖糕、茯苓糕、桂花年糕等亦具備，呼聲則僅云賣糕荷，其用處似在供大人們做點心吃。」這裏特別説明是供大人們做點心的，故小孩如能不吃麻花粥而得升級享受大人的點心，在「荷葉包來茯苓糕」時，其心情當格外覺得滿足也。

兒童雜事詩

甲十六　蝦殼筍頭湯

夕陽在樹時加酉，潑水庭前作晚涼。
板桌移來先吃飯，中間蝦殼筍頭湯。

【箋釋】 這首詩所描寫的場景，完全可以看作一幅別致的民俗風情畫。《魯迅小說裏的人物・民俗資料》說：「在《風波》這篇小說裏，有好些鄉村民俗的資料，這是值得注意的。」

現在便將魯迅《風波》第一段的文句拿來和這首詩對照着看一下：「太陽漸漸的收了他通黃的光線了，場邊靠河的烏桕樹葉，乾巴巴的才喘過氣來，幾個花腳蚊子在下面哼着飛舞。面河的農家的煙突裏，逐漸減少了炊煙」，這不正是「夕陽在樹時加酉」的光景麼？還有：「女人孩子們都在自己門口的土場上潑些水，放下小桌子和矮凳。人知道，這已經是晚飯時候了。」拿來做「潑水庭前作晚涼，板桌移來先吃飯」的今譯，豈不也十分合適麼？「板桌」之稱，似不普及，其實只是紹興鄉下對方形或長方形粗製小桌的稱呼，我們長沙鄉下的人則把它叫做「小桌子」或者「細桌子」。

蝦殼筍頭湯是紹興老百姓很喜歡蒸了來喝的一種湯，周氏文中多次提到過。《魯迅的故家・飯菜》：「因了三餐煮飯的關係，在做菜的方法上也發生了特別的情形，這便是偏重在蒸，方言叫做熯，這與用蒸籠去蒸的方法不同，只是在飯鍋內擱在『飯架』上去，等到生米成為熟飯，它也一起的熟了。」蝦殼筍頭湯還有更好吃的鮝湯，便都是用這種簡易的辦法熯出來的。同書《蒸煮》：「白鮝或鰵魚鮝切塊，加上幾個蝦米（俗名開洋），加水一蒸，成為很好的一碗鮝湯……大蝦擠蝦仁後，與乾菜少許老筍頭蒸湯，內中無甚可吃，可是湯卻頗好，這種蝦殼筍頭湯大概在別處也是少見的。」

《瓜豆集・懷東京》論東京食物的好處是「清淡質素，他沒有富家廚房的多油多糰粉，其用鹽與清湯處卻與吾鄉民家相近，在我個人是很以為好的。假如有人請吃酒，無論魚翅燕窩以至熊掌我都會吃，正如大葱卵蒜我也會吃一樣，但沒得吃時決不想吃或看了人家吃便害饞。我所想吃的如奢侈一點還是白鮝湯一類，其次是鰲（鄉俗讀若米）魚鮝湯，還有一種用擠了蝦仁的大蝦殼，砸碎了的鞭筍的不能吃的『老頭』（老頭者近根的硬的部分，如甘蔗老頭等），再加乾菜而蒸成的不知名叫甚麼的湯。這實在是寒乞相極了，但越人喝得滋滋有味，而其有味也就在這寒乞即清淡質素之中，殆可勉強稱之曰俳味也。」

鮝，音享。江浙人稱乾魚為「鮝」。孫旭升《白鮝肉與蝦油雞》文中說，白鮝即石首魚乾即黃魚乾，伏天取黃魚剖醃曬壓乾，堅硬而色白，蒸湯味鮮，可以開胃。鮝湯得以鮝切塊來做，這個未必隨時都預備得有。蝦殼筍頭湯卻是用擠掉了蝦仁的蝦殼來蒸的，等於在吃炒蝦仁時再白饒一碗味美的湯，豈不更妙麼。

兒童雜事詩

甲十七　蚊煙

薄暮蚊雷震耳聾，火攻不用用煙攻。
腳爐提起團團走，燒着清香路路通。

【原注】水鄉多蚊。白晝點長條之蚊蟲藥。黃昏則於銅火爐中燃茅草豆莢或路路通，發煙以袪之。小兒喜司其事，以長繩繫於爐之提樑，挈之巡行各室。路路通即杉樹子，狀如栗房而多孔，焚之微有香氣。

【箋釋】 此首寫小孩喜愛玩煙火，包括了焚煙驅蚊，同時又是一首介紹民俗事物的風土詩。

《亦報隨筆・蚊子與白蛉》：「在紹興只要人家乾淨一點，還可以沒有臭蟲和蝨子……最討厭的乃是蚊子，特別是在鄉下的舊式房屋裏。每到夏天晚上蚊子必要做市，嗚嗚的叫聲聚在一處簡直響得可以，蚊雷蚊市的意義到那時候真是深切的感到了。你到屋裏去，蚊子直與你的眼泡相撞，嘴如不閉緊，便可以有幾匹飛下喉嚨去。這時大做其蚊煙，不久也把大部分燻出去了。」

原注所云「長條之蚊蟲藥」，在從前是家常日用之物，在別處就只叫蚊煙。丁修甫《武林市肆吟》之九十一：「紙筒樟屑火微熏，藥氣煙濃夜辟蚊。勝臥清涼白羅帳，青銅錢止費三文。」注云：「蚊蟲藥亦列屋貨賣。」《藥味集・蚊蟲藥》引此詩云：「蚊蟲藥值三文，越中亦有之，其時大約每股才二錢耳。製法以白紙糊細管長二尺許，以鋸木屑微雜硫黃等藥灌入，或云有黃鱔骨屑尤佳，再壓扁蟠曲作圈，紙撚縛其端即成矣。其煙辟蚊頗有效，唯燻帳使黃黑，洗濯不退，又蟠放地上燒灼磚石木板悉成焦痕，是其缺點也。」過去在長沙，六合庵的蚊煙在市民中差不多和九如齋的法餅齊名，成了民諺。

「燒着清香路路通」的「路路通」，用來燒香驅蚊，原注說是杉樹子。《藥味集・蚊蟲藥》：「大抵在黃昏蚊成市時，以大銅爐生火，上加蒿艾茅草或杉樹子，罨之不使燃燒，但發濃煙，置室中少頃，蚊悉逃去。做蚊煙以杉樹子為最佳，形圓略如楊梅，遍體皆孔，外有刺如栗殼，孔中微有香質，故煙味微香，越中通稱曰路路通。」《越諺》卷中名物部有路路通，註亦云：「杉子，落山撿藏，以備煙熏。」

說路路通是杉樹子，《越諺》和周作人都弄錯了。

在南方山區生活過的人都知道，杉樹子是長卵形的，實心無孔，並不長刺，燒來有氣味卻無論如何說不上香。而「形圓略如楊梅，遍體皆孔，外有刺如栗殼」，又可以燒來驅蚊的，只能是楓樹子。箋釋者最初在《亦報》上看到註文，以為是手民之誤，後來見到手跡和《越諺》，才知是作者自己錯了。我從六歲到十五歲住在湖南平江鄉下，夏日用楓球（湖南人稱楓樹子）發煙驅蚊，差不多是每天都要做的事，所以清楚地知道這一點。

但周作人後來也發現了自己的錯誤，一九六六年三月十日致孫五康信中承認：「路路通是楓樹子，說杉樹子是錯的。」

兒童雜事詩

甲十八　瓜

買得烏皮香撲鼻，蒲瓜松脆亦堪誇。
負他沙地殷勤意，難吃噴香呃殺瓜。

【原注】烏皮香者香瓜之一種，皮青黑，肉微作碧色，香味勝常瓜。蒲瓜柔脆多水分，但不甚甜。冷飯頭瓜一名呃殺瓜，以其綿軟，食之易噎，但可以飽，有如冷飯，故有是名。沙地種瓜人常用此以作贈物。

【箋釋】這裏所説的瓜，並非西瓜，而是香瓜即甜瓜，品種不一，均紹興沙地所產。關於瓜和「沙地」，《魯迅小説裏的人物・兩個故鄉》是這樣説的：「魯迅在《故鄉》這篇小説裏紀念他的故鄉……深藍的天空中掛着一輪金黃的圓月，下面是海邊的沙地，都種着一望無際的碧綠的瓜。現在先從閏土説起，這閏土本名章運水……他的父親名叫章福慶，是城東北道墟鄉杜浦村人，那裏是海邊，他種着沙地……」詩中所説的「烏皮香」、「蒲瓜」和「呃殺瓜」，便是閏土父子這類在海邊「種着沙地」的農人種出來的。

從周作人早期日記看，他小時候常吃閏土家送來的瓜。庚子七月初五日記：「上午，杜浦章棱送西瓜、洋金瓜、冷飯頭瓜（形如西瓜，一名咽煞瓜，味淡而粉，不能多吃，以其味淡而飽又能噎也），共二筐。」這裏提到的「杜浦」即上文中的道墟鄉杜浦村，「章棱」即章福慶，也就是閏土的父親。咽煞瓜即呃殺瓜即冷飯頭瓜，説它「味淡而粉，不能多吃，飽又能噎」，印象確實不怎麼好。

周作人對故鄉的沙地很有感情，《風雨談・三部鄉土詩》評《墟中十八圖詠》云：「所謂墟者即會稽道墟村，章氏聚族而居之地……畫的確有特色，不是普通的山水畫那樣到處皆是而又沒有一處是的。我最喜歡那第十二的杜浦一幅。我從小就聽杜浦來的一個姓章的工人講海邊的事，沙地與『舍』（草屋），棉花與西瓜，角雞與獾豬等等，至今不能忘記。」杜浦臨曹娥江，今為紹興市上虞區道墟鎮的一個村，去海已稍遠。《墟中十八圖詠》和《故鄉》所描寫的風光，是否還多少保存着在那裏呢？真希望浙江的朋友能告訴我們一點才好。

《越諺》卷中「瓜果部」：「瓝瓜，上蒲，即《本草》越瓜之白者。」瓝瓜即蒲瓜。又云：「礅磉瓜，又名冷飯頭瓜，又名呃殺瓜，較香瓜大，以其形如礅磉而粉糯噎喉，然味實美。」說呃殺瓜「味實美」，恐怕只是范寅個人的看法，覺得它「味淡而粉，不能多吃」的周作人恐怕不會同意。

呃殺瓜在北方也有。敦崇《燕京歲時記》：「五月下旬，則甜瓜已熟，沿街吆賣，有旱金墜、青皮脆、羊角蜜、哈密酥、倭瓜瓤、老頭兒樂各種。」《亦報隨筆・老棉鞋》：「北方瓜類中也有叫老頭兒樂的，大約是冷飯頭瓜之類，但市上不曾見，或者因為不好吃的緣故，所以漸就淘汰了吧。」

兒童雜事詩

甲十九　夏日急雨

一霎狂風急雨催，太陽趕入黑雲堆。

窺窗小臉驚相問，可是夜叉扛海來。

【原注】夏日暴雨將至，風起雲湧，天黑如墨，俗語輒曰「夜叉扛海來」。胡壽頤《洗齋病學草》中有此詩題，唯扛寫作「降」，誤也。

【箋釋】 風和雨是周作人文章愛用的題目，這和他小時的記憶有關。庚子二月十三日記：「遊禹穴，頗悶熱。至窆石亭，風甚大，走石飛沙，凜乎其不可留。亭上一碑折斷，贔屓頭亦為碑壓斷矣。」三月十一日又記：「晨，天色如靛，昏黑如夜，須燈燭以行，雨又甚大，如是若二刻許，始漸明朗。」四月廿八日記：「下午暖甚，傍晚天色如淡煙，小雨簌簌。余方指點雲物，忽黃雲一片，從東北隅飛起，至中央散布四方，天色淡黃，風聲呼呼，隱約從東北起。急掩柴門，少頃則百竅怒號，江河震沸，窗屋皆搖。林木摩戛作聲甚厲，又兼雨聲，對面相語不能聞，雷電煜如，聳人毛髮。屋上塵土簌簌落脊上，初尚不知，約炊斗許粟時，風止，摸身上皆是……近處船舍，其半為風吹墮。至一更始止，雷亦漸輕，二更許則石上皆燥，此真可謂怪風也。」

這種異常天氣他後來在文章中也常談起，《知堂乙酉文編・風的話》：「紹興在夏秋之間時常有一種龍風，這是在北京所沒有見過的。時間大抵在午後，往往是很好的天氣，忽然一朵烏雲上來，霎時天色昏黑，風暴大作，在城裏說不上飛沙走石，總之是竹木摧折，屋瓦整疊的揭去，嘩啦啦的掉在地下，所謂把井吹出籬笆外的事情也不是沒有。」

原注所引胡壽頤《洗齋病學草》卷下有《越謠五首》，注云：「吾鄉俗說多有古意，譜以韻語，使小兒歌之。」其一云：「夜叉降海來。」原注曰：「夏日暴雨，多以是語恐小兒。」《苦茶隨筆》介紹胡氏所錄，案云：「降字疑應作扛，夏日將下陣雨，天色低黑，輒云夜叉扛海來。」

大風大水都是自然現象，但其不可測也會使人產生憂懼。在周作人的作品中，對社會變動的不可測憂懼更大。一九一九年所作《小河》，說河水本來穩穩的向前流動，但在小河中間築起一道堰，水不得前進，堰下的土逐漸淘去成了深潭，堰旁的稻和桑樹便都着急，怕水會在它們身上大踏步過去，把它們的根帶倒。這首詩的意思，後來《知堂回想錄》一三一節說明道：「一句話就是那種古老的憂懼。古人云，民猶水也，水能載舟，亦能覆舟。法國路易十四云，朕死之後，有洪水來。二者的話其歸趨則一，是一樣的可怕。」《回想錄》接着又引雜詩「豆花未落瓜生蔓，悵望山南大水雲」，說明道：「只是說瓜豆尚未成熟，大水即是洪水的預兆就來了。這是一九四二年所作，再過五六年北京就解放了。」

一九六六年「文革」前夕，他又作了一首關於風的詩：「春風狂似虎，似虎不吃人。吃人亦無法，無法管風神。」這種憂懼，就比自然現象不可測所引起的，要更加厲害得多了。

兒童雜事詩

甲二十　蒼蠅

瓜皮滿地綠沉沉，桂樹中庭有午陰。
躡足低頭忙奔走，捉來幾許活蒼蠅。

【箋釋】 捉了活蒼蠅來玩，是周氏兄弟小時候的一種快樂。魯迅《從百草園到三味書屋》：「三味書屋後面也有一個園，雖然小，但在那裏也可以爬上花壇去折臘梅花，在地上或桂花樹上尋蟬蛻。最好的工作是捉了蒼蠅餵螞蟻，靜悄悄地沒有聲音。」

《澤瀉集・蒼蠅》：「蒼蠅不是一件很可愛的東西，但我們做小孩子的時候都有點喜歡牠。我同兄弟常在夏天乘大人們午睡，在院子裏棄着香瓜皮瓤的地方捉蒼蠅，——蒼蠅共有三種，飯蒼蠅太小，麻蒼蠅有蛆太髒，只有金蒼蠅可用。金蒼蠅即青蠅，小兒謎中所謂『頭戴紅纓帽身穿紫羅袍』者是也。我們把牠捉來，摘一片月季花的葉，用月季的刺釘在背上，便見綠葉在桌上蠕蠕而動。東安市場有賣紙製各色小蟲者，標題云『蟾蠅玩物』，即是同一的用意。我們又把牠的背豎穿在細竹絲上，取燈芯草一小段放在腳的中間，牠便上下顛倒的舞弄，名曰『嬉棍』；又或用白紙條纏在腸上縱使飛去，但見空中一片片的白紙亂飛，很是好看。倘若捉到一個年富力強的蒼蠅，用快剪將頭切下，牠的身子便仍舊飛去。希臘路吉亞諾思（Lukianos）的《蒼蠅頌》中說，『蒼蠅在被切去了頭之後，也能生活好些時光』，大約二千年前的小孩已經是這樣的玩耍的了。」

《越諺》卷中「蟲豸部」：「蒼蠅，厥種有四，飯蒼蠅小而多，金蒼蠅，紅頭蒼蠅，麻蒼蠅。」與上文所說大體相合。

《蒼蠅》文中說，知道蒼蠅能夠傳染病菌，從前臥病在醫院時曾作有一首詩詛咒蒼蠅，但

「中國古來對於蒼蠅似乎沒有甚麼反感」，舉《詩經》「營營青蠅」、「蒼蠅之聲」為例。接着說：「傳說裏的蒼蠅，即使不是特殊良善，總之決不比別的昆蟲更為卑惡。在日本的俳諧中則蠅成為普通的詩料，雖然略帶湫穢的氣色，但很能表出溫暖熱鬧的境界。小林一茶更為奇特，他同聖芳濟一樣，以一切生物為弟兄朋友，蒼蠅當然也是其一。檢閱他的俳句選集，詠蠅的詩有二十首之多，今舉兩首以見一斑，一云：

笠上的蒼蠅，比我更早地飛進去了。

這詩有題曰《歸庵》，又一首云：

不要打哪，蒼蠅搓他的手，搓他的腳呢。

我讀這一句，常常想起自己的詩覺得慚愧。」

前引《蒼蠅頌》的作者路吉亞諾思，是公元二世紀時著名的諷刺作家，強烈反對宗教迷信和社會上的不平等。他的名字後來周作人譯作「盧奇安」。人民文學出版社一九九一年九月出版的譯本《盧奇安對話集》第十九篇為《蒼蠅贊》即《蒼蠅頌》，《澤瀉集·蒼蠅》中的那句譯文改成為：

一個蒼蠅把頭切去了，她的身子還能生活許多時候，仍舊呼吸着。

前後兩次翻譯，時間相去已四十年，可見周氏對其看重。

兒童雜事詩

甲二一　菱

婦孺都知駝背白，雷門名物至今稱。
新鮮酒醉皆佳品，不及尋常煑大菱。

【原注】

菱角通稱「大菱」。駝背白為四角菱之一種，色青白而拱背，出雷門阪一帶。

【箋釋】在植物學上，菱是桃金娘目（Myrtales）菱科（Trapaceae）菱屬（Trapa）好幾種水生植物的通稱，舊大陸歐、亞、非各洲都有分佈，其果實都有角刺突起，故稱「菱角」，角數或為四或為二。二角者原產於印度，當地有一種的學名就叫「二角菱」（T.bispinosa）。

《越諺》卷中「瓜果部」有一條「大菱」，下小字云：「兩角者，水紅菱、刺菱最小，其大者箱子甩、駝背白……」又一條「四角菱」，下小字云：「芰也，又名生菱」。原注稱「駝背白為四角菱之一種」，看《越諺》又好像駝背白為兩角菱之大者。《武陵記》云：「兩角曰菱，三角四角曰芰。」《湖雅》亦云：「菱與芰不同。」事實上早沒人將四角的菱叫做芰了，種菱的、賣菱的和吃菱的都不會覺得有必要這樣做。有名的「屈到嗜芰」也不過用了楚國的方言，未必他真的非四角菱不吃吧。

《自己的園地・菱角》則仍分兩角四角：「越中也有兩角菱，但味不甚佳，多作為醬大菱，水果鋪去殼出售，名黃菱肉，清明掃墓時常用作供品，迨春猶可食，亦別有風味。實熟沉水抽芽者用竹製髮篦狀物曳水底攝取之，名摻芽大菱，初冬下鄉常能購得，市上不多見也。唯平常煮食總是四角者為佳，有一種名駝背白，色白而拱背故名，生熟食均美，十年前每斤才十文，一角錢可得一大筐，近年來物價大漲，不知需價若干了。」又云：「水紅菱只可生食，雖然也有人把它拿去作蔬。秋日擇嫩菱瀹熟，去澀衣，加酒醬油及花椒，名醉大菱，為極好的下酒物（俗名過酒坯）。陰曆八月三日灶君生日，各家供素菜，例有此品，幾成為不文之律。」

沖齋居士《越鄉中饋錄》：「醉大菱，四角菱初出最嫩者，剝殼去皮，以瓦罐短水煮熟，加黃酒、醬油、花椒，醉之。清香有味，可下酒，亦可下飯。亦有在飯鑊上蒸食者。」「風大菱，擇半老菱，以稻草逐個鞭實，懸風簷半月後，味甜而質軟。若用竹篣攤乾，味不勻。又風乾太過，肉硬，可將菱裝入油頓甏，倒撲泥地二日，則還性而軟矣。」「醬大菱，選菱最老者，堆天井北隅，或用蒲包炭簍裝置更好，上下均塞稻草，時以冷水淋之。四五日後，自然皮爛。過二十日，即可煮吃。先入水一洗，煮熟後急淋冷水，則肉不粘殼。」沖齋居士姓名不詳，自序署云「中華民國五年八月識於晚悔廬」，可見說的也是清末民初時事。

至於「雷門名物至今存」的雷門，則早已不存在。《書房一角・紹興城門》：「紹興城舊有九門，據尹幼蓮《地志述略》所舉俗稱如下，即東郭、都泗、昌安、西郭、偏門、甫門、稽山、五雲、雷門是也。前六門皆是水門，平時拜歲掃墓都曾走過，餘乃是旱門，雷門早封閉，今只餘地名羅門阪耳。」

兒童雜事詩

甲二二　蟋蟀

啼徹簷頭紡織娘，涼風乍起夜初長。
關心蛐蛐階前叫，明日攜籠灌破牆。

【箋釋】 啼徹簷頭的紡織娘，《丙十四・績綠婆》還會要講；本首題「蟋蟀」，關心的也是「階前叫」的蛐蛐。《詩・七月》正好講到了這些昆蟲：「五月斯螽動股，六月莎雞振羽，七月在野，八月在宇，九月在戶，十月蟋蟀入我牀下。」范蘅洲《詩瀋》：「斯螽，蜙蝑，即蚱蜢。莎雞、絡緯，即織婦。蟋蟀，促織也。」這裏邊的織婦就是紡績娘，促織是蟋蟀也就是蛐蛐。

再來看看外國人是怎麼介紹蟋蟀的。《不列顛百科全書》說牠是：「直翅目蟋蟀科昆蟲，因鳴聲悅耳而聞名，約二千四百種。田野蟋蟀又稱黑蟋蟀，常生活在田野或庭院，有時進入室內。」法布爾《昆蟲記》第十三章：「在人們所熟悉的寥寥可數但享有盛名的昆蟲中，居住在草地上的蟋蟀幾乎同蟬一樣著名，牠的聲譽來自於牠的歌聲和住所。」

《瓜豆集・談七月在野》：「自夏至秋，聽得蟲聲自遠而近，到末了連屋裏也有叫聲，這樣情景實是常有，詩中所寫仿佛如此。『十月蟋蟀入我牀下』，這八字句我讀了很是喜歡，但看到主觀的一『我』字又特別有感觸，覺得這與平常客觀地描寫時物有點不同。」這一節話，實在比古來各家對《詩經》中「七月在野」的解說都更切實而近人情。

《魯迅的故家・園裏的動物》介紹蟋蟀，說牠「是蛐蛐的官名，牠（的鳴聲）單獨時名為叫，在雌雄相對低聲吟唱的時候則云彈琴，老百姓雖然不知道司馬相如琴心的故事，但起這名字卻極是巧妙，我也曾聽過古琴專家的彈奏，比起來也似乎未必能勝得過。」《亦報隨筆·秋蟲的鳴聲》：「蟋蟀雖是鬥蟲，可是牠獨自深夜微吟時實在很有點悲哀，所以對於聽的人多發生類似的感覺。鄉下的小孩們解釋牠的歌詞是『漿漿洗洗，紐絆依依』，依字讀去聲，意思是說裝上去。這與促織的意味相合，不過不是織布做新衣，只是修補舊衣預備禦寒罷了。」關注的只是牠的鳴聲，人與蟲之間情感相關亦多在於此。

「攜籠灌破牆」說的是捉蟋蟀。劉侗《帝京景物略》有幾句描寫得最好：「秋七八月，遊閒人提竹筒、過籠、銅絲罩，詣叢草處、缺牆頹屋處、磚壁土石堆磊處，側聽徐行，若有遺亡，跡聲所縷發，而穴斯得。」

周氏兄弟捉蟋蟀，有時和父親的病有關，捉來不是為了聽歌，更不是為了看牠們打鬥，而是替父親辦藥引子。《知堂回想錄》第十二節：「我們忙的是幫助找尋藥引，例如有一次要用蟋蟀一對，且說明須要原來同居一穴的，這才算是一對，隨便捉來的雌雄兩隻不能算數。在百草園的菜地裏，翻開土塊，同居的蟋蟀隨地都是，可是隨即逃走了，而且各奔東西，不能同時抓到。幸虧我們有兩個人，可以分頭追趕。」兩個人一個是周作人，另一個若不是哥哥自然便是弟弟了。

兒童雜事詩

甲二三　中元

中元鬼節款精靈，蓮葉蓮花幻作燈。
明日雖扔今日點，滿街望去碧澄澄。

【原注】

北京兒歌云：「蓮花燈，今兒點，明兒扔。」

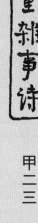

【箋釋】 農曆七月十五中元節，為民俗祭祀先人的節日，長沙至今猶有「七月半燒包送寒衣」的習慣。唐韓鄂《歲華紀麗》：「道門寶蓋，獻在中元；釋氏蘭盆，盛於此日。」意謂道教於此日祭拜三官（天官、地官、水官）普濟孤魂；佛教於此日作「盂蘭盆」（梵語「解倒懸」音譯）超度餓鬼。這時道觀裏要立「燈篙」，放「水燈」；佛寺也要放「河燈」，作為一種超度的儀式。陸游《老學庵筆記》：「（七月）望日具素饌享先，織竹作盆盎狀，貯紙錢，承以一竹，焚之……謂之盂蘭盆，蓋俚俗老媪輩之言也。」可見在「中元鬼節」作盂蘭盆的習俗在北宋時即已相當普及。

《丁亥暑中雜詩・中元》詳細介紹了「鬼節款精靈」和「蓮葉蓮花作燈」的情形，全詩如下（括弧中為原注）：

中元為鬼節，人家競祭祖。照例十碗頭，葷素約半數（越俗，平常宴集，率用十簋，稱為十碗頭，多六葷四素或八葷二素，五葷五素不常有，茲云半數，實由趁韻也）。今朝特嚴肅，供菜用全素。別製南瓜餅，有似古寒具。蒸瓜取其肉，和麵下油釜。炸作黃金色，甜味悅婦孺。例必有西瓜，犬牙切交互。秋涼瓜價貴，千錢無買處。再拜奠酒漿，分坐各散胙。若在鄉村人，行事更多趣。十五迎精靈，家家設炬火。（火字依俗讀若虎。）門前焚苧梗，迎神聲淒楚。我不信鬼神，人情知戀慕。聞此每楸然，如靈儼在戶。十六設祖餞，送神歸地府。茄牛角崢嶸，瓜馬足彳亍。持此為神騎，跨之從此去。亦有蓮花燈，荷葉置燭炬。黃昏列隊行，碧影滿衢路。本意照幽冥，遊戲屬兒女。今日明晃晃，明日委泥土。童謠說無常，不知誰所譜。（北平童謠云：蓮花燈，今兒點，明兒扔。小兒持燈遊行街上，率同聲歌之。）會值盂蘭盆，大旨無違忤。我本出田間，頗知人間苦。語及舊風俗，情意多能喻。懷念鄉村人，東望徒延佇。

詩中所說的「十碗頭」，據《魯迅的故家・忌日酒》介紹：「此葷素兩全之席，總以十碗頭為一席……第一碗照例是三鮮什錦……其次是扣肉……魚用煎魚或醋溜魚，雞用扣雞或白雞……素菜方面有用豆腐皮做的素雞，香菇剪成長條做羹名素白鱔，千張（百頁）內捲入筍、乾絲、香菇等物名曰素蟶子……」

《越鄉中饋錄》：「南瓜餅為中元居家祀祖必需品。先將老南瓜剖洗，去瓤子，用水微煮，或飯鑊上蒸之。去皮後，入瓦缽內，投入麥粉，略摻糯粉，加飴糖冷水，以手搭勻，須軟，拓成餅，素油炸之。或圓樣小個，或大張切開，聽便。夏至蒲絲餅則切蒲子為絲，煮熟調粉。」按：蒲子即茄子。

敦崇《燕京歲時記》：「中元黃昏以後，街巷兒童以荷葉燃燈，沿街唱曰：荷葉燈，荷葉燈，今日點了明日扔……市人之巧者又以各色彩紙製成蓮花蓮葉花籃鶴鷺之形，謂之蓮花燈。」

兒童雜事詩

甲二四　中秋

紅燭高香供月華，如盤月餅配南瓜。
雖然慣吃紅綾餅，卻愛神前素夾沙。

【原注】中秋夜祀月以素月餅，大者徑尺許，與木盤等大。

【箋釋】 月華通常就是指月亮和月光，帶上點神秘意味則指月的精華。《藥堂語錄・中秋的月亮》：「我回想鄉間一般對於月亮的意見，覺得這與文人學者的頗不相同。普通稱月曰『月亮婆婆』，中秋供素月餅水果及老南瓜，又涼水一碗。婦孺拜畢，以指蘸水塗目，祝曰『眼目清涼』。相信月中有娑婆樹，中秋夜有一枝落下人間，此亦似即所謂『月華』，如不幸落在人身上，必成奇疾，或頭大如斗，必須斫開，乃能取出寶物也。」

至於中秋供月和吃月餅的習俗，則全國各地大同小異。敦崇《燕京歲時記》：「十五月圓時，陳瓜果於庭以供月，並祀以毛豆、雞冠花。惟供月時男子多不叩拜。故京師諺曰：『男不拜月，女不祭灶。』」下文又云：「供月月餅到處皆有，大者尺餘，上繪月宮蟾兔之形。有祭畢而食者，有留至除夕而食者，謂之團圓餅。」

觀魚《紹興的風俗習尚》：「紹地祀月的儀式是燃一對一兩起至二兩、四兩、半斤、一斤的紅燭，供一個四兩起至半斤、一斤、二斤、五斤、十斤的大月餅，配水果四色和南瓜、西瓜及北瓜於桌上，孩兒們磕幾個頭，守至燭殘月西而罷，切月餅為若干塊，分餉男女大小，以及僕工傭婦。」

二〇一六年第三期《中華遺產》雜誌介紹了民國時期晉中地區的一件製月餅的模具，由一塊梨木獨板雕成，長寬均達五十厘米。五斤十斤重的「如盤月餅」，就都是用這樣的木模壓製成的。

「紅綾餅」現在則已經很少見，《亦報隨筆・南北的點心》説，過去紹興的「各種月餅限於秋季，紅綾餅、梁湖月餅等則通年有之」。《知堂回想錄》二二節談縣考場中吃食，云「有人只帶些乾糧就滿足了，如松子糕、棗子糕、紅綾餅」等，可見它本是周作人少時「慣吃」的點心。據紹興市食品廠張樹源君函告：「紅綾餅已停產多年。它是一種徑約寸半厚約三分的圓餅，酥皮烤成金黃色，一面正中蓋有紅色■形印記，餡用烏豇豆、白砂糖製成細沙，加核桃肉、金橘餅，每市斤十六隻，口味酥鬆香甜。」其實如張君所述的這種餅，五六十年前長沙「三吉齋」等南食店亦曾製作供應，我們稱之曰「紹興餅子」，不知為何後來卻慢慢地不見了。

紅綾餅古為宮廷美食，宋人《避暑錄話》：「唐御膳以紅綾餅餤為重，盧延讓後入蜀為學士，既老頗為蜀人所易。延讓詩素平易近俳，乃作詩云，莫欺零落殘牙齒，曾吃紅綾餅餤來。」這傳統一直延續到了清朝。《熙朝新語》記康熙十八年三月初一日試博學鴻詞賜宴，餚果後「用饅首、卷子、紅綾餅、粉湯」，陪宴者大學士、掌院學士滿漢各二員，餘官皆不與，可見其隆重。

「素夾沙」即是素油製作的豆沙月餅。顧張思撰《土風錄》卷五：「餅餌餡以赤豆末紅糖炒之曰豆沙」，炒時須加油也。

甲編附記

【原文】 兒童生活詩實亦即是竹枝詞，須有歲時及地方作背景。今就平生最熟習的民俗中取材，自多偏於越地，亦正是不得已也。

【箋釋】 作者說這些詩即是竹枝詞。朱自清《中國歌謠》曾經說過：「《詞律》云，『竹枝之音，起於巴蜀唐人所作，皆言蜀中風景。後人因效其體，於各地為之。』這時竹枝已成了一種敘述風土的詩體了。」周氏之所以自認為竹枝詞，即因為這些都是詠風土寫人情之作。

《過去的工作・關於竹枝詞》：「以七言四句，歌詠風土人情，稍涉俳調者，乃是竹枝正宗，但是後來引申，詠史事，詠名勝，詠方物……名稱或為百詠，或為雜詠，體裁多是七言絕句，其性質則專詠古蹟名勝，風俗方物，或年中行事，亦或有歌詠歲時之一段落如新年，社會之一方面如市肆或樂戶情事者，但總而言之可合稱之為風土詩，其以詩為乘，以史地民俗的資料為載，則固無不同。」這節話將竹枝詞——風土詩的文化地理和文化歷史的價值，說得非常之明白了。

此一卷《兒童生活詩》的內容，或「歌詠歲時一段落」如新年、上元、立夏、端午，或描寫「年中行事」如上學、掃墓、驅蚊、捉蟋蟀，取材多出於作者兒時在紹興的記憶，「偏於越地」

不僅不是它的短處，能詳記一時一地的「土風民俗」，反而恰恰是其具有特殊價值的長處。

《關於竹枝詞》文中曾引朱彝尊作《鴛鴦湖棹歌》之十九（鍾按十九為十八之誤）：「姑惡飛鳴觸曉煙，紅蠶四月已三眠，白花滿把蒸成露，紫葚盈筐不取錢。」說：「這樣的詩我也喜歡，但是我所更喜歡的乃是詩中所載的『土風』。」這詩的首句被用入丙之十六《姑惡鳥》，只是「觸曉煙」三字變成了「繞暮煙」，或據別本，尚待查考。

《立春以前・十堂筆談》說風土志一類的書，「記的大都是一地方的古蹟傳說物產風俗，其事既多新奇可喜，假如文章寫得好一點，自然更引人入勝……令讀者感覺對於鄉土之愛……假如另外有人，對於中國人的過去與將來頗為關心，便想請他把史學的興趣放到低的廣的方面來，從讀雜書的時候起離開了廊廟朝廷，多注意田野坊巷的事，漸與田夫野老相接觸，從事於國民生活之史的研究，此雖是寂寞的學問，卻於中國有重大的意義。」

接下去作者還語重心長地講了一段話，表示了他以竹枝詞這種形式來記敘越地風土時所抱的一點希望：

「古人曾說，有鄉下佬吃芹菜覺得很美，想去獻給貴人，貴人放到口裏去只覺得辣辣的，我所做的有點相像亦未可知。但是水芹菜現在吃的人很多，因此不妨引以自慰，我的芹菜將來也會有人要吃的吧。」

乙編　兒童故事詩

兒童雜事詩

乙之一　老子

當年李耳老而孩，奇事差堪比老萊。
想見手持搖咕咚，白頭臥地哭咳咳。

【原注】《神仙傳》云，李母懷胎八十一年而生老子。搖咕咚，玩具小鼗鼓也，咕咚讀若骨棟。《二十四孝圖》常畫老萊子手持此鼓，倒臥地上。

【箋釋】　後記裏説，兒童故事詩「本應多趣味」，所以這一首寫老子只講其「母懷胎八十一年」，又把「二十四孝」中的「斑衣戲綵」一節扯進來，完全是講故事了。

《史記》列傳中述老子，本就含有傳説的成分，如説「老子百有六十餘歲，或言二百餘歲」之類，容得後人來編故事。《太平廣記・神仙一》：「老子者，名耳，字伯陽，楚國苦縣曲仁里人也。其母感大流星而有娠，雖受氣天然，見於李家，猶以李為姓。或云，老子先天地生。或云，天之精魄，蓋神靈之屬。或云，母懷之七十二年乃生，生時剖母左腋而出，生而白首，故謂老子。」懷胎七十二年或八十一年生出了一個白頭的「老而孩」，這兒童故事夠有趣味了。

老萊子故事説法不一。《初學記》：「老萊子行年七十，父母猶存，常着五色綵衣，嘗取漿上堂跌仆，因臥地為小兒啼，或弄烏鳥於親側。」魯迅《二十四孝圖》據日本小田海仙畫本，所引則云其「常取水上堂，詐跌仆地，作嬰兒啼，以娛親意」。

一個説「嘗」跌倒了作小兒啼，一個説「常」詐裝跌倒作嬰兒啼。魯迅便抓住這個「詐」字做文章，説老萊子的故事「將肉麻當作有趣一般，以不情為倫紀，誣衊了古人，教壞了後人。」

在這一點上，周作人的看法也差不多。《魯迅小説裏的人物・搖咕咚》：「老萊子在古書上只說是為親取飲，上堂腳跌，恐傷父母之心，僵仆為嬰兒啼。後人變本加厲，卻說他是詐跌仆地，不但詐偽不道德，也實在很是肉麻。」

既然如此，為甚麼還要寫這首詩呢？恐怕完全是為了「搖咕咚」，就是插圖中「白頭臥地哭咳咳」的老萊子手裏拿的那玩意兒吧。「這玩意兒確是可愛的」，魯迅《二十四孝圖》說：「北京稱為小鼓，蓋即鼗也。朱熹曰，『鼗，小鼓，兩旁有耳，持其柄而搖之，則兩耳還自擊』，咕咚咕咚的響起來。」

《搖咕咚》文章中則介紹得更加詳細：「搖咕咚是鄉下小孩的玩具，這是很普通的東西，大概各地方都有，一定也有很好的名字，就只可惜我不知道，也要怪古來拿筆桿的多是正統文人，不曾給我們記錄一點下來。小時候在書房裏讀《論語》，至《微子第十八》『太師摯適齊』這一章，一大班樂官風流雲散，大有寂寞之感，可是在『播鼗武入於漢』之下，讀朱注那一段，又不禁微笑，因為那裏解釋搖咕咚形容得特好，雖然平常不喜歡朱文公，這裏也不無好感了……但那幾句原是宋初邢昺的《論語疏》裏的話，他其實還是從漢末鄭玄的《周禮注》裏抄來的。」

兒童雜事詩

乙之二　晉惠帝

滿野蛙聲叫咯吱，累他鄭重問官私。
童心自有天真處，莫道官家便是痴。

【原注】案惠帝當時已非童年，茲但取其孩子氣耳。

【箋釋】　古人如果集中在一起來幹活，總是為官（公家）的時候多，為私的時候少。修城牆，修宮殿，都是為官；這時總是大聲吆喝歌唱，以求提高工效，減輕勞累。晉惠帝大概聽到過這種喧鬧，蝦蟆鳴叫時才會問，牠們在「為官乎」還是「為私乎」，說若是為官就該給飯吃。這簡直在「發寶氣」，豈止是孩子氣！

晉惠帝為弱智見諸史傳明文。《晉書》：「孝惠皇帝諱衷，字正度，武帝第二子也……帝之為太子也，朝廷咸知不堪政事，武帝亦疑焉。嘗悉召東宮官屬，使以尚書事令太子決之，帝不能對。賈妃遣左右代對，多引古義。給事張泓曰：『太子不學，陛下所知，今宜以事斷，不可引書。』妃從之，泓乃具草，令帝書之，武帝覽而大悅，太子遂安。及居大位，政出群下，綱紀大壞……帝又嘗在華林園，聞蝦蟆聲，謂左右曰：『此鳴者為官乎？私乎？』或對曰：『在官地為官，在私地為私。』及天下荒亂，百姓餓死，帝曰：『何不食肉糜？』其曚蔽皆此類也。」

《水經注》引《中州記》：「惠帝聞蛙鳴，問官蛙私蛙。太子令賈胤對曰，在官為官蛙，在私為私蛙。帝曰，若是官蛙，可給廩之。」

「何不食肉糜」的故事，流傳得比問蝦蟆更廣泛，幾乎被當作昏君的典型。其實惠帝之「昏」不過糊塗幼稚得可笑而已，比起路易十四明知「朕死之後有洪水來」還要縱恣荒淫，隋煬帝已在怕「好頭顱不知為誰人斫去」還要殘民以逞，總還要好一些。

惠帝的父親是司馬炎，祖父是司馬昭，曾祖父是司馬懿，這三位可都是厲害得很的「雄猜之主」。有人說，「雄猜之主，後必不昌」，不遭報應横死也會得精神病，隔代遺傳還會成為白痴半白痴，惠帝即是一例。老百姓受夠了他爺爺的統治迫害，見到這樣的「現世寶」丢人現眼成為笑柄，也可以舒一舒心，解一解氣。至於後來他的羊皇后被前趙劉曜搶去睡了以後，竟樂孜孜地說從此「始知天下有丈夫」，作為男人窩囊廢到了這樣的程度，他就只能夠使人噁心，解氣也談不上了。

「滿野蛙聲叫咯吱」的熱鬧，周作人兒時也經歷過。庚子年四月初十日他到安橋頭舅家作客，十四日日記云：「四野蛤聲閣閣，如合拍然，清夜聞之，不能成睡，真可當兩部鼓吹也。」「為官乎？為私乎？」的名言，周氏文中亦曾襲用。《瓜豆集・結緣豆》：「我寫文章，平常自己懷疑，這是為甚麼的？為公乎？為私乎？一時也有點說不上來……」當然這不過是在「我田引水」罷了，與晉惠帝毫不相干。

這一首和以後的乙之五和乙之七共三首詩，原來《亦報》刊出時並無插圖（報上作過說明），是箋釋者請戴文葆轉請畢克官補畫的。豐一吟也曾經補畫過，用在中華書局印行的第二版上了。

兒童雜事詩

乙之三　趙伯公

小孩淘氣平常有，惟獨趙家最出奇。
祖父肚臍種李子，幾乎急殺老頭兒。

【原注】《太平御覽》引《笑林》，趙伯公體肥大，夏日醉臥，孫兒以李子納其臍中，趙未之知，後汁出則大驚恐，謂腸爛將死，及李核出，乃始釋然。

【箋釋】 趙伯公故事，原注云出《太平御覽》引《笑林》。《隋書經籍志》有《笑林》三卷，後漢給事中邯鄲淳撰，書久佚。清馬國翰《玉函山房輯佚書》存邯鄲淳《笑林》一卷，魯迅《古小説鉤沉》亦輯得有《笑林》二十九則，其八云：

「趙伯公（《類林》作翁）為人肥大，夏日醉臥，有數歲孫兒緣其肚上戲，因以李子八九枚內肶臍中。既醒，了不覺；數日後，乃知痛。李大爛汁出，以為臍穴（《琱玉集》引作膿），懼死。乃命妻子處分家事，泣謂家人曰：『我腸爛將死。』明日，李核出，尋問，乃知是孫兒所內李子也。」

《古小説鉤沉》這一條，說明是據《御覽》三百七十一又九百六十八、《琱玉集》十四、《類林》雜說十。今查中華書局影印本《太平御覽》，卷三百七十一「人事部」一二《臍》所引《笑林》的文字卻是：

「魏伯翁肥大，夏日醉臥，孫兒緣其肚上戲，因以李八九枚內臍中。至後日，李大爛汁出，乃泣謂家人曰：『我腸爛將死。』明日，李核出，乃知孫兒所內李子也。」

而卷九百六十八「果部」五「李」所引的文字又成了：「趙伯翁醉眠，數歲孫兒緣其腹戲，因以李子內其肶臍中，累七八枚。既醒，了不覺。後數日，乃知痛。李爛汁出，以為臍穴，懼死，乃命妻子處分家事。李核出，尋問，乃知是孫兒所為。」

文字異同且不說，故事主人公究竟是誰，「趙伯公」還是「魏伯翁」還是「趙伯翁」呢？如果據《太平御覽》引《笑林》，則只能是「魏伯翁」或者「趙伯翁」，看來只能是據《古小說鈎沉》的了。王利器編《歷代笑話集》引馬國翰輯本作「魏伯公」，又有了第四者。也許當時的確有過這麼一位姓魏或姓趙的大胖子，《類林》有「伯翁妹肥於兄」一條似乎可證，但更有可能這都是傳聞異辭所造成的吧。

兒童故事詩都是通過人物來說故事，這一首所寫的人物卻與其他各首不同，他並不是老子、惠帝和陶淵明、杜子美這樣的名人，就連是姓趙還是姓魏人們有時也搞不清，只知道曾經有過這麼一個大胖子罷了。這本是民間故事的一種特色，就只是逗趣好玩，並沒有甚麼高深的含意，裏頭的人物叫張三叫李四都可以，亦猶丫環之喚作梅香，潑皮之稱為牛二。

順便說一點：主人公的肚臍眼裏放進李子「累八九枚」還「了不覺」，未免過於寬深，簡直超了張仁封的「長二寸」，倒不如豐子愷所畫偷偷納入一枚之較近情理也。

兒童雜事詩

乙之四　陶淵明責子

但覓栗梨殊可念，不好紙筆亦尋常。
陶公出語慈祥甚，責子詩成進一觴。

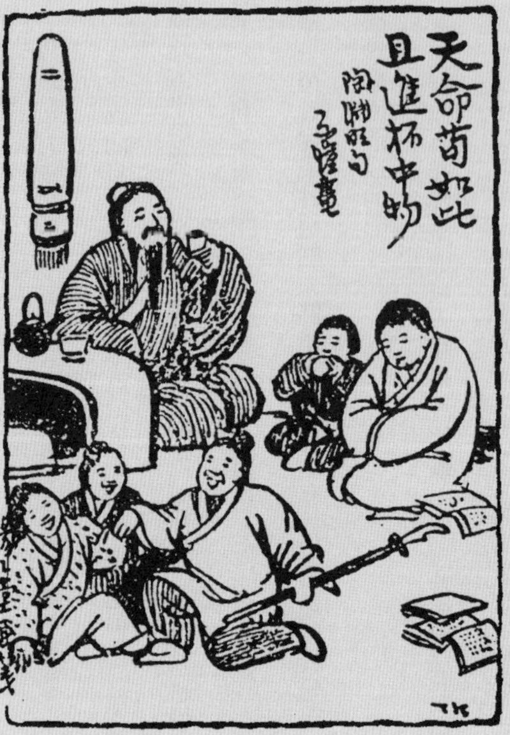

【原注】

黃山谷跋《責子》詩云：「觀靖節此詩，想見其人，慈祥戲謔可觀也。」

【箋釋】 寫陶淵明的詩有二首，這首從他的《責子》詩說起，因即題云「陶淵明責子」。《責子》詩：白髮被兩鬢，肌膚不復實。雖有五男兒，總不好紙筆。阿舒已二八，懶惰故無匹。阿宣行志學，而不愛文術。雍端年十三，不識六與七。通子垂九齡，但覓梨與栗。天運苟如此，且進杯中物。

從表面上看，這詩是在埋怨五個兒子全都懶得讀書。但陶公本是個不慕榮利的人，自己讀書也不求甚解的。小孩子「不好紙筆」，「但覓梨栗」，在他看來本「亦尋常」，用不着如何着急生氣。在這裏以自嘲的口氣吟幾句，正可以看出他的隨和與曠達，而真摯的父愛亦即在其中了。

集外文《杜少陵與兒女》：「對於此詩，古來有好些人有所批評，其中黃山谷跋語說得最好：『觀靖節此詩，想見其人，慈祥戲謔可親也。俗人便謂淵明諸子皆不肖，而淵明愁嘆見於詩，可謂痴人前不得說夢也。』……陶詩題目雖是《責子》，似乎是很嚴肅的東西，其實內容是很詼諧的，其第五聯最是明了，如果十三歲的小孩真是連六與七還不懂，那麼這是道地的白痴，豈止不肖而已。山谷說他戲謔，極能了解這詩的意味，又說慈祥，則又將作者的神氣都說出來了。……正如人見了小孩的說話行動，常不禁現出笑容來一樣，他們如在詩文圖畫裏出現時，也自有其一種和藹的氣氛，這就是所謂慈祥戲謔可親了。」

《自己的園地・歌詠兒童的文學》介紹日本兒童文學，因而談到中國寫兒童的詩：「陶淵明的責子詩要算是最好，因為最是真情流露，雖然戴着一個達觀的面具。」達觀也好，自嘲也好，在山谷和知堂看來，都是一個面具；《責子》詩本意還在「嘉孺子」，亦即對小孩的愛憐，所以才能以「慈祥戲謔」的態度出之。如果認為「淵明諸子皆不肖」，五柳先生鎮日為了五個不肖之子愁眉苦臉，只能以酒澆愁，那就真成山谷所嗤的「俗人」了。

從這個意義上看，豐氏的插圖似不太理想，坐在一旁「且進杯中物」的父親神氣雖還慈祥，戲謔的空氣卻感覺不到，只見五男兒或廢書呆坐，或搬弄玩具，或雙手捧着梨兒大啃，那麼五柳先生家成了弱智兒童收養院，先生還哪有心情寫詩作文？

《山谷題跋・書陶淵明責子詩後》原文是：「觀淵明之詩，想見其人，愷悌慈祥戲謔可觀也。俗人便謂淵明諸子皆不肖，而淵明愁嘆見於詩，可謂痴人前不得說夢也。」兩份手跡亦均作「慈祥戲謔可觀」，《杜少陵與兒女》文中「可觀」卻成了「可親」，今兩存之。

兒童雜事詩

乙之五　稚子候門

離家三月旋歸去，三徑如何便就荒。
稚子候門倏不見，菊花叢裏捉迷藏。

【箋釋】 本首原為「陶淵明」之二，今題「稚子候門」，因為它的本事就是《歸去來辭》中的「僮僕歡迎，稚子候門。三徑就荒，松菊猶存。攜幼入室，有酒盈樽」這幾句，表現出他辭官歸來得以享受親子之情的滿足。

《宋書》：「陶潛字淵明……親老家貧，起為州祭酒，不堪吏職，少日自解歸。州召主簿不就，躬耕自資，遂抱羸疾。復為鎮軍建威參軍，謂親朋曰：『聊欲絃歌，以為三徑之資可乎？』執事者聞之，以為彭澤令。……郡遣督郵至縣，吏白應束帶見之，潛嘆曰：『我不能為五斗米折腰向鄉里小兒。』即日解印綬去職。」

有名的《歸去來辭》，就是此時之作，節錄如下：

歸去來兮，田園將蕪，胡不歸。既自以心為形役，奚惆悵而獨悲。悟已往之不諫，知來者之可追。實迷途其未遠，覺今是而昨非。舟搖搖以輕颺，風飄飄而吹衣。問征夫以前路，恨晨光之熹微。乃瞻衡宇，載欣載奔。童僕歡迎，稚子候門。……已矣乎，寓形宇內復幾時，曷不委心任去留，胡為遑遑欲何之。富貴非吾願，帝鄉不可期。懷良辰以孤往，或植杖而耘耔。登東皋以舒嘯，臨清流而賦詩。聊乘化以歸盡，樂夫天命復奚疑。

又別傳有云：「為彭澤令，在官八十餘日。」

「在官八十餘日」，豈不是「離家三月旋歸去」嗎？「三徑就荒，松菊猶存」，陶公喜種菊，

「采菊東籬下，悠然見南山」，院子裏菊花一定成叢。候門的稚子倏然不見，大概是躲入花叢中想和父親玩捉迷藏遊戲吧。周作人心目中的陶公對小孩是慈祥的，好不容易甩掉烏紗帽，載欣載奔地趕回家來，如此這般戲謔一回也是很有可能的。

關於陶淵明對兒子的態度，《立春以前・關於教子法》引俞正燮論陸放翁教子詩篇，案云：「俞理初此文正有情致，不特能了知陸放翁，對於小孩亦大有理解。所引放翁句中，我覺得有兩處最為切要。其一云，『阿綱學書蚓滿幅……』。其二云，『野蔓不知名，丹實何纍纍，村童摘不訶，吾亦愛吾兒』。此在古人蓋已有之，最顯著的是陶淵明……昭明太子所撰陶淵明傳中敘其為彭澤令時事云：『不以家累自隨，送一力給其子，書云，汝旦夕之費自給為難，今遣此力，助汝薪水之勞，此亦人子也，可善遇之。』《南史・隱逸傳》中亦載此一節，雖未知真實性如何，當是可能的事。《與子儼等疏》中云：『汝等稚小，家貧無役，柴水之勞，何時可免，念之在心，若何可言。』遣力之說或即由此生出亦未可知。」

怕兒子不能勝任「柴水之勞」，僱個人去幫着幹家務，不過出乎尋常顧惜兒子的父愛；但能教給兒子們知道，僱去的這個人「亦人子也（亦是他爸媽的兒子）」，可善遇之（也得好好地顧惜他）」，這就是「幼吾幼以及人之幼」，愛心更廣大，更有人性的光輝了。

兒童雜事詩

乙之六　杜子美羌村

杜陵野老有情痴，凄絕羌村一代詩。
偶遂生還還復去，膝前何以慰嬌兒。

【原注】

子美《羌村》云：世亂遭飄蕩，生還偶然遂。又其二云：嬌兒不離膝，畏我復卻去。

【箋釋】 乙之六、七、八均寫杜子美，本首全從杜詩《羌村三首》中取材，故題作「杜子美羌村」。

羌村是杜甫從陝西往四川逃難途中居停之處。他在亂離中與家人分別，得遂生還，兒女對父親的依戀，父親對兒子的愛憐，都充分表現在《羌村三首》中了。茲全抄如下：

其一云：崢嶸赤雲西，日腳下平地。柴門鳥雀噪，歸客千里至。妻孥怪我在，驚定還拭淚。世亂遭飄蕩，生還偶然遂。鄰人滿牆頭，感嘆亦歔欷。夜闌更秉燭，相對如夢寐。

其二云：晚歲迫偷生，還家少歡趣。嬌兒不離膝，畏我復卻去。憶昔好追涼，故繞池邊樹。蕭蕭北風勁，撫事煎百慮。賴知禾黍收，已覺糟牀注。如今足斟酌，且用慰遲暮。

其三云：群雞正亂叫，客至雞鬥爭。驅雞上樹木，始聞扣柴荊。父老四五人，問我久遠行。手中各有攜，傾榼濁復清。苦辭酒味薄，黍地無人耕。兵革既未息，兒童盡東征。請為父老歌，艱難愧深情。歌罷仰天嘆，四座淚縱橫。

集外文《杜少陵與兒女》：「嘉孺子而哀婦人，古人以為聖人之用心，卻也是文藝中的重要成分，便是杜子美自己的著作裏也是如此，而且比起別人來還要比較的多些……杜陵野老是個嚴肅的詩人，身際亂離，詩中憂生憫亂之氣最為濃厚，寫到家庭的事也多是逃難別離之苦。」正可用作《羌村三首》的說明。

《藥堂雜文·中國文學上的兩種思想》論杜詩：「確如東坡所云，可以見其忠義之氣，但如說其詩的價值全都在此，那有如說茶只是熱得好，事實當然未必如此。」接着歷舉「二哀」、「三吏」和「三別」、《彭衙行》、《羌村三首》諸詩道：「這些雖然未能泣鬼神，確有驚心動魄之力，此全出於慈愛之情，更不分為己為人，可謂正是文藝的極致。『世亂遭飄蕩，生還偶然遂』，我們現在讀了能不感到一種悵惘？我不懂得詩，尤其不敢來講杜少陵的事情，這裏只是亂抓的抓到他，請他幫我證明一下，為君主的思想怎樣的做不成好詩，結果是翻過來，好詩多是憂生憫亂的，這就是為人民為天下的思想的產物。」

這裏可以補充來說一句，要為人民，兒童即是人民中最弱小的分子。弄到「兒童盡東征」，人民復有何生趣呢？

《杜少陵與兒女》說「嬌兒不離膝」兩句，「向來有兩種不同的說法，其一是說小孩不肯離膝，怕我還會得要去的……其二則是說小孩有點怕我，所以雖是不離膝，卻是隨即走開了」。

「畏我復卻去」，周作人五〇年和六六年的手跡均將「復卻去」寫成了「卻復去」，已予改正。

兒童雜事詩

乙之七　兒煩惱

詩人省識兒煩惱，痴女痴兒不去懷。
稚子恆飢誰忍得，淒涼顏色迫人來。

【原注】《彭衙行》云，「痴女飢咬我，啼畏虎狼聞」；《百憂集行》云，「痴兒未知父子禮，叫怒索飯啼門東」；《狂夫》第三聯云，「恒飢稚子色淒涼」。此在他人詩中，皆不能見到者也。

【箋釋】 本首原為「杜子美」之二，現改題作「兒煩惱」。

《立春以前・關於教子法》：「日本語中有兒煩惱一語，在中國難得恰好對譯之辭。大抵疼愛小兒本是人情之常，如佛教所說正是痴之一種，稱之曰煩惱甚有意思。但如擴充開去，幼吾幼以及人之幼，更客觀的加以圖寫歌詠，則此痴亦不負人，殆可稱為偉大的煩惱矣。《莊子・天道篇》：堯告舜曰，『吾不虐無告，不廢窮民，苦死者，嘉孺子而哀婦人，此吾所以用心也』。此聖人之言，所謂嘉孺子豈非即是兒煩惱的表現？如今拿來作解釋，當不嫌我田引水也。」這一段話，闡明了周作人對兒童問題和兒童文藝的看法的核心。

「我田引水」也是一句日本話，一九五六年十月三十一日與孫旭升書云：「我田引水係日本成語，意思是說農夫把水往自己田裏引去，譬喻說及問題喜歡把自己拉上。」

杜子美《彭衙行》：「憶昔避賊初，北走經險艱。夜深彭衙道，月照白水山。盡室久徒步，逢人多厚顏。參差谷鳥鳴，不見遊子還。痴女飢咬我，啼畏虎狼聞。懷中掩其口，反側聲愈嗔。小兒強解事，故索苦李餐……」

《亦報隨筆・馬熊掩人》：「好幾星期之前，有一個同鄉來看。問他子女的情形，他的長子我是見過的，底下還有幾個，其中一個在五六歲的時候，據他說在山鄉避難，給馬熊拖去了。我聽了很是駭然，一直有好些日子心裏覺得很不舒服。小時候常聽說馬熊拖人，有祖墳所在烏石頭地方的墳鄰的小兒，在門口剝豌豆，被馬熊攫去，其母哭得眼瞎……杜子美《彭衙行》云：痴女飢咬我，啼畏虎狼聞。這也是逃難時事，我當初以為是指賊軍，現在想來難道真是說的野獸麼？」

關於馬熊，一九六六年三月十日與孫旭升書又云：「這件事大屬疑問，大概事實是一種豺狼，看見的人於驚慌中覺得牠似乎很高大，只聽牠走路閣閣有聲，其實有蹄的獸卻是不食肉的。」范寅《越諺》亦云：「豺狼出山拖人，呼為馬熊。」

子美《狂夫》句：「厚祿故人書斷絕，恆飢稚子色淒涼。」「恆飢」六六年手跡筆誤作「恆餓」，已予改正。

《杜少陵與兒女》：「《百憂集行》：『憶年十五心尚孩，健如黃犢走復來。庭前八月梨棗熟，一日上樹能千回。』又末云：『痴兒未知父子禮，叫怒索飯啼門東。』……寫小兒瑣事，饒有情致。」「父子禮」五〇年、六六年手跡均誤作「兒子禮」，亦已改正。

兒童雜事詩

乙之八　敲針作釣鉤

鄉間想無雜貨店，稚子敲針作釣鉤。
但有直鉤無倒刺，沙灘只好釣泥鰍。

老妻畫紙為棋局
稚子敲針作釣鈎
杜子美詩句　子愷畫

【原注】

「稚子敲針作釣鉤」，杜句。案泥鰍本亦不易釣，姑趁韻耳。水邊有一種小魚，伏泥上不動，易捕取，俗名「步泥拖」，不知其雅名云何也。

【箋釋】 這首原為「杜子美」之三，據本事改題作「敲針作釣鉤」，插圖畫的卻是「老妻畫紙為棋局」了。

前兩首也都是通過杜詩寫杜子美自家的小孩，氣氛卻都很沉重。因為《羌村》和《彭衙行》本是亂離之作，親子之愛在那時只能開出暗淡的花。但人們總是能夠「好了傷疤忘了痛」的，只要壓力稍微減輕，便會儘量從極平凡的日常生活去尋求和享受他的幸福並覺得滿足，此蓋是人的不幸，也可說是人之大幸吧。

《杜少陵與兒女》一文中也說過，杜詩寫家庭的事雖「多是逃難別離之苦，可是仍有不少歌詠兒童生活的部分」。舉例如「老妻畫紙為棋局，稚子敲針作釣鉤。」「慣看賓客兒童喜，得食階除鳥雀馴。」還說，「律詩對句上下分詠，不免零碎，不及古詩之成片段，但總可以看見大概情形了。」

《自己的園地·歌詠兒童的文學》介紹日本高島平三郎編，竹久夢二畫的「一卷極好的兒童詩選集」，說日本的兒童詩比中國多，「我們平常記憶所及的詩句裏，不過『閒看兒童捉柳花』和『稚子敲針作釣鉤』之類罷了。」

後邊這幅，即是竹久夢二為《歌詠兒童的文學》所繪插圖之一，茲據《自己的園地》（《晨報》社民國十二年改正版）複製。

周作人一直喜歡竹久夢二，亦曾對豐子愷的漫畫感到興趣。《談龍集・〈憶〉的裝訂》：「看見平伯所持畫稿，覺得很有點竹久夢二的氣味……夢二所作除去了諷刺的意味，保留着飄逸的筆致，又特別加上豔冶的情調，所以自成一路，那種大眼睛軟腰肢的少女恐怕至今還蠱惑住許多人心……中國有沒有這種漫畫，我們外行人不能亂說，在我卻未曾見到過，因此對於豐君的漫畫不能不感到多大的興趣了。」

但一九六三年四月四日與鮑耀明書又云，「豐君的畫，我向來不甚贊成，形似學竹久夢二者，但……不懂『滑稽』趣味，殆所謂海派者」，並說插畫中可取者也不多。前後態度不同，恐與周氏後來對「海派」的惡感不無關係。

步泥拖這種魚，《越諺》卷中「水族部」記錄正名作魚旁步字，泥下魚字，魚旁乇字。注云：「步泥妥，湖畔塴邊吹沙小魚，體圓有斑。」泥鰍不易釣，紹興小兒所釣的大約只是這種小魚吧。

兒童雜事詩

乙之九　李太白

太白兒時不識月，道是一張白玉盤。
無怪世人疑胡種，蒲桃美酒吃西餐。

【原注】

太白《古朗月行》云：「小時不識月，呼作白玉盤。」今人或有以太白為胡人，亦猶說墨子是印度人之比耶。

【箋釋】 滿月很容易引起兒童的想像，尤其在從前沒有這麼明亮的電燈光的時候。我們這些遠不如李白聰明的人，小時候也不知多少次對着它唱過「月亮走，我也走」，唱過「月亮光光，照遍四方」，寄託過自己無邊無際的想像。

南朝鮑照有《朗月行》，「朗月出東山，照我綺窗前……」所以刻本《李太白集・古朗月行》題下有這樣一行小字：「鮑照有朗月行，疑始於照」，解釋李白何以要在題目前加個「古」字。《古朗月行》全詩云：「小時不識月，呼作白玉盤。又疑瑤台鏡，飛在青雲端。仙人垂兩足，桂樹何團團。白兔搗藥成，問言與誰餐。蟾蜍蝕圓影，大明夜已殘。羿昔落九烏，天人清且安。陰精此淪惑，去去不足觀。憂來其如何，淒慘摧心肝。」

此詩周作人兒時即曾熟讀，證據是己亥（一八九九）年十一月十二日記云：「酉刻暮日如火，望之如一輪珊瑚盤，昔李太白誤月為白玉盤，同一笑也。」

李白的籍貫歷來說法不一。他曾自稱「山東李白」；《上韓荊州書》又云，「白隴西布衣，流落楚漢」；《上安州裴長史書》則云，「白本家金陵，世為右姓」。而范傳正《唐左拾遺翰林學士李公新碑》卻說：「公名白，字太白，其先隴西成紀人……隋末多難，一房被竄於碎葉。」李陽冰《草堂集序》則說：「李白字太白，隴西成紀人……中葉非罪謫居條支。」由中亞以至阿拉伯，越說越遠。

一九三五年，陳寅恪發表《李太白氏族之疑問》（《清華學報》十卷一期）一文，認為李太白「夫以一原非漢姓之家，忽來從西域，自稱其先世於隋末由中國謫居於西突厥舊疆之內，實為一必不可能之事，則其人之本為西域胡人，絕無疑義矣」。一九七一年郭沫若《李白與杜甫》一書出版，《關於李白》部分的第一節《李白出生於中亞碎葉》，對此作了許多考證，態度更加肯定。

原注云「今人或有以太白為胡人，亦猶說墨子是印度人之比耶」，表示並不贊成此說。至於「說墨子是印度人」，魯迅《偽自由書後記》：「胡懷琛雖然和我不相干，《自由談》上是嘲笑過他的『墨翟為印度人說』的。」此指《申報·自由談》一九三三年三月二十日登出魯迅的《文攤秘訣十條》，其五云：「須設法證明墨翟是一隻黑野雞……」案胡懷琛曾在《東方雜誌》第二十五卷第八號和第十六號（一九二八年四月和八月）發表《墨翟為印度人辨》和《墨翟續辨》，據「墨」字本義為黑，「翟」與「狄」同音，考證墨翟可能為印度人。很明顯，魯迅和周作人都是不認同胡懷琛們的這類「考證」的。

胡懷琛，筆名寄塵、季仁，安徽涇縣人。

兒童雜事詩

乙之十　賀季真

故里歸來轉陌生，兒童好客競相迎。
鄉音未改離家久，贏得旁人說拗聲。

【原注】越人稱外鄉語皆曰「拗聲」。

【箋釋】 賀知章（字季真）的《回鄉偶書》這首七言絕句，收入了《唐詩三百首》，傳誦極廣。古時交通不發達，人們很少離開家，離開了便不大容易回來，才會出現賀詩描述的這種情況：「少小離家老大回，鄉音無改鬢毛衰。兒童相見不相識，笑問客從何處來。」若在現代，則無論城鄉，見到陌生面孔，還有哪位小朋友會去問「客從何處來」呢？

乙之十的這幅插圖也十分巧妙，題詞後特別用小字註明了是「古詩今畫」，這一點說明了豐子愷的高明，他畢竟不同於普通的畫師。因為畫中人雨傘挑包袱，手提舊藤篋，一幅流浪老人歸家模樣，比起賀知章天寶三年回鄉時的氣派來，差別實在太大，如果不註明，那就成笑話了。

《舊唐書・文苑傳》：「賀知章，會稽永興人，洗馬德仁之族孫也。少以文詞知名，舉進士……遷太子賓客，銀青光祿大夫兼正授秘書監。知章性放曠，善談笑，當時賢達，皆傾慕之……晚年尤加縱誕，無復規檢，自號四明狂客，又稱秘書外監，遨遊里巷。醉後屬詞，動成卷軸，文不加點，咸有可觀。又善草隸書，好事者供其箋翰，每紙不過數十字，共傳寶之……天寶三載，知章因病恍惚，乃上疏請度為道士，求還鄉里，仍舍本鄉宅為觀。上許之，仍拜其子典設郎曾為會稽郡司馬，仍令侍養。御賜詩以贈行，皇太子已下，咸就執別……」

這真是闊氣得很，哪會是插圖中畫的這樣一副寒酸相？

賀知章的放曠，他的朋友杜甫李白的詩中都有反映。杜甫《飲中八仙歌》：「知章騎馬似乘船，眼花落井水底眠。」李白《對酒憶賀監二首》一：「四明有狂客，風流賀季真。長安一相見，呼我謫仙人。昔好杯中物，今為松下塵。金龜換酒處，卻憶淚沾巾。」描寫得都十分傳神。

賀知章請度為道士，和李白學道求仙一樣，不過是名士風流的一種表現，卻造成了不少傳説故事。《太平廣記・神仙四十二》云：「(有王老) 善黃白之術，賀素信重，願接事之。後與夫人持一明珠，自云在鄉日得此珠，保惜多時，特上老人，求説道法。老人即以明珠付童子令市餅來。童子以珠易得三十餘胡餅，遂延賀。賀私念寶珠持以輕用，意甚不快。老人曰，夫道者可以心得，豈在力爭，慳惜未止，術無由成，當須深山窮谷，勤求致之，非朝市所授也。」經過老人這樣一點化，賀知章就大徹大悟，丢掉大官不做，還鄉修道，結果終於成了神仙。

但紹興人好像並不承認這些，在當地並沒有留下甚麼賀神仙的遺蹟。到現在保存在普通人心裏的，好像也只有「少小離家老大回」這一首詩了。

兒童雜事詩

乙十一　杜牧之

人生未老莫還鄉，垂老還鄉更斷腸。
試問共誰爭歲月，兒童笑指鬢如霜。

【原注】

「未老莫還鄉，還鄉須斷腸」，韋莊詞句也。牧之歸家詩云：「共誰爭歲月，贏得鬢邊絲。」

【箋釋】 在小孩子心目中，大人們老在外奔忙（不管是為了事業還是為了別的），該回時老不見回來，往往都不能夠理解，不懂得何以會如此。這是兒童的天真，也是成人的不幸。

本首寫杜牧之，引了他一句「共誰爭歲月」；又扯上韋莊，用了他一句「還鄉須斷腸」。韋莊《菩薩蠻》詞的全文是：「人人盡説江南好，遊人只合江南老。春水碧於天，畫船聽雨眠。壚邊人似月，皓腕凝霜雪。未老莫還鄉，還鄉須斷腸。」周作人作這首詩時，為了協律，將「還鄉須斷腸」做成「還鄉更斷腸」，自無不可。六六年寫本原注引文這樣寫，則似不妥，已予改正。

王國維《浣花詞跋》：「端己詞情深語秀，雖規模不及後主正中，要在飛卿之上。」葉嘉瑩《論詞絕句》：「誰家陌上堪相許，從嫁甘拚一世休。終古摯情能似此，楚騷九死誼相侔。」亦言韋詞之深摯於情。在這一點上，杜牧和他是相同的。

杜牧《歸家》詩：「稚子牽衣問，歸來何太遲。共誰爭歲月，贏得鬢邊絲。」「鬢邊絲」原注作「鬢如絲」，也已改正；詩作「鬢如霜」，則是周氏的再創作了。

杜牧這首詩寫出了倦遊歸來的感傷，但是詩的基調仍然是瀟灑的，這原是他的本色。《太平廣記》卷二七三《杜牧》：「牛僧孺出鎮揚州，辟節度掌書記。牧供職之外，唯以宴遊為事。

揚州，勝地也，每重城向夕，倡樓之上，常有絳紗燈萬數，輝羅耀列空中，九里三十步街中，珠翠填咽，邈若仙境。牧常出沒馳逐其間無虛夕。復有卒三十人，易服隨後潛護之，僧孺之密教也……（後僧孺戒牧，牧謬言掩飾）僧孺笑而不答，即命侍兒取一小書簏，對牧發之，乃街卒之密報也，凡數十百，悉曰：『某夕，杜書記過某家，無恙。』『某夕，宴某家，亦如之。』」

但杜牧之還有他的另一面，這是周作人更為欣賞的。《苦竹雜記·杜牧之句》述「忍過事堪喜」句被收入《官箴》事云：「我們心目中的小杜彷彿是一位風流才子，是一個堂驪（Don Juan），該是無憂無慮地過了一世的吧……雖然有時候也難免有不如意事，如傳聞的那首詩云：自恨尋芳去較遲，不須惆悵怨芳時；如今風擺花狼藉，綠葉成陰子滿枝。但是，這次是失意，也還是風流，老實說，詩卻並不佳。他甚麼時候又怎麼地忍過，而且還留下這樣的一句詩可以收入《官箴》裏去的呢？這個我不能知道，也不知道他的忍是哪一家派的，可是這句詩我卻以為是好的。……我不是尊奉它作格言，我是賞識它的境界。」

本首雖着重在描寫垂老中年人的落寞，卻都是從「稚子牽衣」、「兒童笑指」中表現出來的，故仍不失為一首兒童詩。

兒童雜事詩

乙十二　陸放翁

阿哥寫字如曲蟺，阿弟說話像黃鶯。伢兒嬌小嗔不得，涴壁同時復畫窗。

【原注】

鶯，越中俗語讀如盎，平聲。杭州人稱小兒曰「伢兒」，讀如芽，浙中他處無此語，或是臨安俗語之留遺耶。放翁《喜小兒輩到行在》詩云：

「阿綱學書如蚓曲，
阿繪學語鶯囀木。
畫窗涴壁誰忍嗔，
啼呼也復可憐人。」

【箋釋】 陸放翁以愛國詩人著名，「阿綱學書」一首卻全寫他對小兒的寬容和理解，在「父為子綱」時最為難得。《立春以前・關於教子法》引述俞正燮《癸巳存稿》介紹了不少陸放翁愛子教子的詩篇並加以評論：「放翁《寒夜》詩云：稚子忍寒守蠹簡，老夫忘睡畫爐灰。《新涼夜坐有作》云：硯屏突兀蓬婆雪，書几青熒蓮勺燈；稚子可憐貪夜課，語渠循舊未須增。《冬夜讀書示子遹》云：簡斷篇殘字欲無，吾兒不負乃翁書。《喜小兒輩到行在》詩云：阿綱學書蚓滿幅，阿繪學語鶯囀木；畫窗涴壁誰忍嗔，啼呼也復可憐人。其教子之主於寬也如此……《閒居》詩云：春寒催喚客嘗酒，夜永臥聽兒讀書。《白髮》詩云：自憐未廢詩書業，父子蓬窗共一燈。……《忍窮》詩云：尚餘書兩屋，手校付吾兒。《即事》詩云：詩成賞音絕，自向小兒誇。家庭文章之樂，非迂刻者所能曉也……《南門散策》詩云：野蔓不知名，丹實何纍纍；村童摘不訶，吾亦愛吾兒。……意思深長，君子人言也。」

俞正燮（理初）關於婦女與兒童的見解，周作人一直十分讚賞，給了很高的評價。俞氏對陸放翁這些詩極致欣賞的地方，首在其體現了「吾亦愛吾兒」的人情，因為「教子之主於寬也如此」，所以才能多得「家庭文章之樂」，這在古代「迂刻」的傳統家庭中原本來是極少能夠見到的。

傳統的兒童教育都主張嚴厲，家庭中說「嚴父慈母」，學堂中說「教不嚴師之惰」，認為父師之道就是要嚴。陸放翁和俞理初卻能反其道而行之。《立春以前・關於教子法》引俞氏《嚴父母義》云：「（漢儒）誤以古言嚴父為父自嚴惡，不知古人言嚴皆謂敬之，《易》與《孝經》皆然。《學記》云，嚴師為難，師嚴而後道尊，亦言弟子敬之。《書》記舜言敬敷五教在寬。《中庸》記孔子言寬柔以教為君子之強，豈有違聖悖經以嚴酷為師者？知嚴師之義，則嚴父母之義明，而孝慈之道益明矣。」

周作人因謂：「俞君此文素所佩服，如借用顧亭林的話，真可以說是有益於天下的文章。上邊談陸放翁的隨筆以詩句為資料作具體的敘述，這篇乃以經義的形式作理論的說明，父師之道得明，不至再為漢儒以來的曲說所蔽矣。」

周文再次對陸放翁教兒童主張寬厚不主張嚴苛加以肯定，又特別舉出馮班《鈍吟雜錄》裏的幾句話：「……太嚴，子弟多不令，柔弱者必愚，剛強者懟而為惡，鞭撲叱咄之下使人不生好念也。」

如此看來，「寫字如曲蟺，說話像黃鶯」，自不必苛責了。

兒童雜事詩

乙十三　姜白石

縱賞元宵逐隊行，白頭居士趁閒身。
憐他小女乘肩看，雙髻丫叉劇可人。

【原注】

白石《觀燈》詞云：「白頭居士無呵殿，只有乘肩小女隨。」

【箋釋】「古今詞人格調之高，無逾白石。」這是王國維推重姜夔的話。姜自號白石道人，後來大家便稱之為姜白石。在「縱賞元宵」時能注意到「乘肩小女」，說明他比較關心兒童生活；若是能讓自家小女「乘肩」同往遊觀，則更為難得矣。

姜白石詞《鷓鴣天・正月十一日觀燈》的全文是：「巷陌風光縱賞時，籠紗未出馬先嘶。白頭居士無呵殿，只有乘肩小女隨。花滿市，月侵衣，少年情事老來悲。沙河塘上春寒淺，看了遊人緩緩歸。」

這「乘肩小女」到底是怎麼一回事呢？

《武林舊事・元夕》：「都城自舊歲孟冬駕回，已有乘肩小女鼓吹舞綰者數十隊，以供貴邸豪家幕次之玩。」這乘肩小女，是列隊表演，供人賞玩的。白石並非貴邸豪家，她們似不會成為他的隨從，而只能供其和眾人一起「縱賞」。

《山谷內集》卷六《陳留市隱詩序》，記陳留某刀鑷工，唯有一女七歲，醉飽則簪花吹笛肩女而歸，詩云「乘肩嬌小女，邂逅此生間」，則寫市井畸人愛憐己女，性情流露，自然可喜，和白石詞意比較接近。但沙河塘為臨安遊冶之地，蘇東坡詞：「沙河塘裏燈初上，水調誰家唱。」劉辰翁詞：「還轉盼，沙河多麗。」黃升詞：「沙河塘上，落日繡簾爭卷。」皆寫此處妓樂之盛。

白石道人縱通脱，攜帶自己的女兒到這種熱鬧地方去的可能性恐不會大。

張岱《陶庵夢憶・世美堂燈》：「兒時跨蒼頭頸，猶及見王新建燈。」跨頸亦即是乘肩。陶庵多記少小時弟兄遊樂，卻不見有小姊妹一道外出。可見如插圖所繪，讓小女孩跨在僕婦頸上出遊的事亦難得有。

胡雲翼《宋詞選》注云：「這裏也可能是把乘肩小女的歌舞隊代替呵殿來自我解嘲。」雖屬推測，或近事實。

白石是個布衣，一生詩酒風流。夏承燾《白石懷人詞考》：「白石自定歌曲六卷，共六十六首，而有本事之情詞乃得十七八首，若兼其托興梅柳之作計之，則幾佔全部歌曲三分之一，此兩宋詞家所罕見。」這方面白石確實也在追慕小杜，他的代表作《揚州慢》下闋全用牧之事，《鷓鴣天・十六夜出》云：「東風歷歷紅樓下，誰識三生杜牧之。」而「小紅低唱我吹簫」的情事，也跟「楚腰纖細掌中輕」一樣，沙河塘上正是合適的背景。《武林舊事》引白石詩亦云：「沙河雲合無行處，惆悵來遊路已迷。」他在沙河塘上的心情，恐亦是自恨尋芳去較遲，不過周作人樂見人情劇憐小兒女，把他想像成「陳留市隱」一流人了。

兒童雜事詩

乙十四　辛稼軒

幼安豪氣傾儕輩，卻有閒情念小童。
應是貪饞有同意，溪頭呆看剝蓮蓬。

大兒鋤豆溪東
中兒正織雞籠
最喜小兒無賴
溪頭看剝蓮蓬

【原注】稼軒詞云：「大兒鋤豆溪東，中兒正織雞籠，最喜小兒無賴，溪頭臥剝蓮蓬。」

【箋釋】 辛稼軒「卻有閒情念小童」的這首詞，詞牌為《清平樂》，原注抄了下片四句，上片四句是：「茅簷低小，溪上青青草。醉裏吳音相媚好，白髮誰家翁媼。」寫的乃是下片的背景，插圖中的大中小兒，看來便是屋子裏這家白髮翁媼的兒孫了。

王士禎《花草蒙語》論詞謂「豪放唯幼安為首」，後來他就成了南宋詞「豪放派」的首領。周作人不喜歡豪放派的詩詞，之取此闋，只因寫及小兒，本來中國歷代詩詞中以兒童為題材者就特別稀少也。

《秉燭談・江都二色》介紹日本一冊介紹玩具的書，從而慨嘆中國描寫兒童遊戲作品的缺乏，說：「小兒的遊戲並非玩物喪志，聽童話也不會就變成痴子到老去找貓狗說話。只可惜中國人太是講道統正宗，只管叉手談道學做制藝，陞官發財蓄妾，此外甚麼都不看在眼裏，著述充屋棟，卻使我們隔教人失望。想找尋一點資料都不容易得，講到兒童事情的文章，整篇的我只見過趙與時著《賓退錄》卷六所記唐路德延的《孩兒詩》五十韻，裏邊有些描寫頗好。」

這首詩他曾多次提及，別處也難見到，茲全錄於次，可與辛稼軒詞參看：情態任天然，桃紅兩頰鮮。乍行人共看，初語客多憐。臂膊肥如瓠，肌膚軟勝綿。長頭才覆額，分角漸垂肩。散誕無塵慮，逍遙佔地仙。排衙朱閣上，喝道畫堂前。合調歌楊柳，齊聲踏採蓮。走堤沖細雨，奔巷趁輕煙。嫩竹乘為馬，新蒲掉作鞭。鶯雛金鏇繫，猧子彩絲牽。擁鶴歸晴島，驅鵝入暖泉。楊花爭弄雪，榆葉共收錢。錫鏡當胸掛，銀珠對耳懸。頭依蒼鶻裹，袖學柘枝揎。酒殢丹砂暖，茶催小玉煎。頻邀籌箸插，時乞繡針穿。寶篋拏紅豆，妝奩拾翠鈿。短袍披案褥，尖帽戴靴氈。展畫趨三聖，開屏笑七賢。貯懷青杏小，垂額綠荷圓。驚滴沾羅淚，嬌流污錦涎。倦書饒婭姹，憎藥巧遷延。弄帳鸞綃映，藏衾鳳綺纏。指敲迎使鼓，箸撥賽神弦。簾拂魚鉤動，箏推雁柱偏。棋圖添路畫，笛管欠聲鐫。惱客初酣睡，驚僧半入禪。尋蛛窮屋瓦，採雀遍樓椽。拋果忙開口，藏鉤亂出拳。夜分圍榾柮，朝聚打鞦韆。折竹裝泥燕，添絲放紙鳶。互誇輪水碓，相教放風旋。旗小裁紅絹，書幽截碧箋。遠鋪張鴿網，低控射蠅弦。吉語時時道，謠歌處處傳。匿窗肩乍曲，遮路臂相連。鬥草當春徑，爭球出晚田。柳傍慵獨坐，花底困橫眠。等鵲潛籬畔，聽蛩伏砌邊。傍枝拈粉蝶，隈樹捉鳴蟬。平島誇躋上，層崖逞捷緣。嫩苔車跡小，深雪履痕全。競指雲生岫，齊呼月上天。蟻窠尋徑斸，蜂穴繞階填。樵唱回深嶺，牛歌下遠川。壘柴為屋木，和土作盤筵。險砌高台石，危跳峻塔磚。忽升鄰舍樹，偷上後池船。項橐稱師日，甘羅作相年。明時方在德，戒爾滅狂顛。

兒童雜事詩

乙十五　王季重

買得泥人買紙雞，蘭陵面具手親持。
詎庵畢竟多情味，多買刀槍哄小兒。

【原注】季重《遊慧錫兩山記》云：「買泥人，買紙雞，買蘭陵面具，買小刀戟，以貽兒輩。」

【箋釋】 王季重（名思任，號謔庵）是明末新文學的代表人物之一，周作人很佩服的鄉先輩。《往昔三十首》有一首詠他的，錄在後面。

這首詩的本事見《謔庵文飯小品・遊慧錫兩山記》：「越人自北歸，望見錫山，如見眷屬。其飛青天半，久暍而得漿也，然地下之漿又慧泉首妙。居人皆蔣姓，市泉酒獨佳，有婦折閱，意態閒遠，予樂過之。買泥人，買紙雞，買木虎，買蘭陵面具，買小刀戟，以貽兒輩。」

《談龍集・地方與文藝》：「浙江的文人，略早一點如徐文長，隨後有王季重、張宗子，都是做那飄逸一派的詩文的人物；王張的短文承了語錄的流，由學術轉到文藝裏去，要是不被間斷，可以造成近體散文的開始了。」

《書房一角・玩具》認為，寫小兒玩具可以和王季重文章相提並論的，還有一部《揚州畫舫錄》，其卷十六云：「山堂無市鬻之舍，以布帳竹棚為市廬，日晨為市，日夕而歸。所鬻皆小兒嬉戲之物，未開新河時皆集蓮花埂上，故孫殿云詩有『蓮花埂上橋畔寺，泥車瓦狗徒兒嬉』之句。自開新河後此輩遂移於此，故夢香詞有云：『揚州好，畫舫到山堂。屈膝窗兒粘翡翠，折腰盤子飣鴛鴦，花月總生香。』樊文卿《津門小令》之七十八云：『津門好，兒戲笑聲嘩。碎剪羊皮糊老虎，細穿馬尾結蝦蟆，竹馬紙烏紗。』」接着還介紹了雕繪土偶、粉瓷捏像、點頭馬等多種玩具，結語云：「中國文人學者向來輕視兒童，故歌詠記敘玩具的文章甚少，得見一二節，雖甚簡單，亦正可喜也。」

《往昔・王思任》：「往昔讀文飯，吾愛王謔庵。姚江一雷震，文苑起聾喑。溫陵實濫觴，發難自公安。由熟而返生，繼之以鍾譚。山陰集大成，筆舌翻波瀾。略跡論風神，頗似蘇子瞻。嬉笑兼怪僻，餘人未易諳。或解啖橄欖，滋味自醰醰。嚮往不能至，攀援聊自寬。後有張宗子，越風良可觀。」原注：「王季重《文飯小品》五卷，清初刻，今尚有存者，原本《文飯》有五十卷云。」

詩中姚江指王守仁，溫陵指李卓吾，公安指袁宏道兄弟，鍾譚指鍾惺譚友夏。張宗子《有明越人三不朽圖贊》：「王遂東思任，山陰人。少年狂放，以謔浪忤人。官不顯達，三仕令尹，乃遭三黜。所攜宦橐遊囊，分之弟姪姊妹，外方人稱之曰，王謔庵雖有錢癖，其所入者皆出於稱觴諛墓，賺錢固好而用錢為尤好。贊曰：拾芥功名，生花彩筆。以文為飯，以弈為律。謔不避虐，錢不諱癖。傳世小題，妙不可及。宦橐遊囊，分之弟姪。孝友文章，當今第一。」

插圖畫出「蘭陵面具手親持」，也把「哄小兒」的氛圍畫活了。

兒童雜事詩

乙十六　清順治帝

掙得清華六品官，居然學士出寒門。
胡雛亦自知風趣，畫出騎驢傳狀元。

【原注】順治幼年即位，為聊城傅以漸畫《狀元歸去驢如飛圖》。

【箋釋】 清順治帝，姓愛新覺羅，名福臨，六歲登基，二十三歲卒，廟號世祖章皇帝。周作人仍認其為一異族少年，故稱「胡雛」。

傅以漸，山東聊城（清屬東昌府）人，順治三年狀元，授修撰，後官至大學士（相國）。翰林院修撰是專為狀元設的從六品官，最稱清貴，故謂「清華六品官」。

昭槤《嘯亭雜錄》：「章皇帝勤政之暇尤善繪事，曾賜宋商邱冢宰《牧牛圖》，筆意生動，王文簡公士禛曾紀以詩云。」彭叔貽《客舍紀聞》：「世祖幸閣中，中書盛際斯趨而過，世祖呼使前跪，熟視之，取筆畫一際斯像，面如錢大，鬚眉畢肖。」可見順治不僅會畫，還能當面寫真。

記載順治畫傅氏騎驢的，有張祥河《關隴輿中偶憶編》：「相國嘗扈隨聖駕，騎蹇驢歸行帳。上在高處眺望，摹寫其形狀，戲題云『狀元歸去驢如飛』，畫幅二尺許，設色古茂。余道出東昌，登傅氏御畫樓，其裔孫傅秋坪前輩出賜件獲觀。」光緒年間還有陳代卿作《御畫恭紀》云：「丙申夏四月，東昌府學博王君少煒，邀余至相府街傅宅，恭閱世祖章皇帝御畫……一絹本青綠，大樹下一人面如冠玉，微鬚，若四十許人，跨黑衛，二奴夾持，一執鞭擁驢項而馳，一回顧若有所語，騎者以手扶其肩，即開國殿撰傅相國以漸也，神采如生，尤為妙品。上書唐人七絕末句『狀元歸去馬如飛』，『馬』易為『驢』，蓋世祖戲筆也。」

唐人七絕末句「狀元歸去馬如飛」的我沒讀過，只知道有蘇軾《送蜀人張師厚赴殿試二首》之二：「雲龍山下試春衣，放鶴亭前送落暉，一色杏花三十里，新郎君去馬如飛。」還有一首明代工匠鑄造在銅鏡背面的詩，據實物照片記錄如下：「雲龍山下世宜春，放鶴亭前總樂輝，一色杏花紅十里，狀元歸去馬如飛。」

光緒八年成書的《越諺》卷上有《數目順逆謳歌》：「一事無成實可憐，兩眼睜睜看老天，三餐茶飯全無有，四季衣衫不周全，五更想起雙流淚，六親無靠苦如連，開門七件全無有，八字生來顛倒顛，久事寒窗無出息（久九諧音），要到十字橋頭尋短見；路哩碰見一個算命先生，算我十九歲功名就，八月科場面前存，七篇文字如錦繡，六個同窗倒顛中，五倫殿上朝天子，四拜朝廷萬歲恩，君王連飲三杯酒，兩朵金花蓋頂勻，一色杏花紅十里，狀元歸去馬如飛。」

「狀元歸去馬如飛」由文人詩句搬上了工藝製品（少不了出現錯訛），又演變成民間俗諺，充分表現出國民歆羨金榜題名的心理。「馬如飛」改「驢如飛」，一字之差，歆羨便變成了調侃，此「胡雛」之真能「知風趣」也。

兒童雜事詩

乙十七　翟晴江

不攻異端衛聖道，但嫌光頂着香疤。
手攜三尺齊眉棍，趕打遊僧禿腦瓜。

【原注】梁山舟作晴江傳云，童子時讀書塾中，有僧過其門，乃率眾持棓追擊。其父見而撻之，答曰：「吾惡其禿也。」

【箋釋】 翟晴江名灝，清乾隆時仁和（今杭州）人，出身商賈而酷嗜讀書，成進士後亦不樂仕進，做教官以著述終老。此人自不無可取，但其兒時「趕打遊僧禿腦瓜」的故事，亦類似魯迅周作人兄弟做小學生時聚眾去打武秀才，無論怎麼說，總是小孩子在亂來胡鬧，不該提倡鼓勵的。

梁同書《頻羅庵遺集》卷九有《翟晴江先生傳》，說翟氏少時「書則與賈人子伍，操奇贏，握籌算，凡尺度淳制質劑之屬，悉經理焉。入夜，閉一室，一燈熒然，讀書不輟，漏四下始寢，或竟夜不寢……名列三甲中，例選知縣，先生曰：『非吾所能勝也，吾木強，不能取悅上官，即不以墨敗，終當以不稱職罷矣。』投牒銓部，改就教職……平生無他嗜好，一意於書，自經史外，苟可資多識者靡不覽……下至街談巷說，亦必考所由來……所著《四書考異》、《爾雅補郭》、《湖山便覽》、《草塘辨》、《利院志》、《通俗編》、《無不宜齋詩稿》，已板行於世。」

傳文最後論曰：「吾郡城東北門曰艮山，居艮山門之外，同時以博通稱者有兩人焉，一為先生，一則西林吳先生。吳先生不應舉子業，惟古是耽，所著《吹豳錄》、《說文理董》，讀古之士知好之，特不若先生撰述之勤且富耳。吳先生奉釋氏教，於內典尤精。而先生則不信西方聖人之說，嘗自言童子時讀書塾中，有僧過其門，適塾師外出，率眾童子持棓往擊僧，僧蹌踉走避。封公見而撻之，先生曰，吾惡其禿也。故雖甚好書，卒不喜瞿曇氏之書，其不同如此。嗚呼！此可以觀先生矣。」

這便是「趕打遊僧禿腦瓜」故事的來歷了。

《書房一角・禿頭》引述此事後云：「梁君文固有風趣，而其事亦正妙，可知翟晴江是解人也。佛本不必排，自來道學家只自心虛耳，其稍可惡者就是那禿頭，鄙人昔曾有此意，不圖翟君已先我發之矣。鄙人最不喜一切殘毀，落葉枯株固尚不妨，斷瓦殘垣則只在詩畫中差可觀，若是人物便不能如是，即病理與變態，但可哀矜，亦不樂見也……若身中面白而視之仍索然無味，此乃別一事，當分論之。和尚之禿，在今日已為普通，本可不忌，但用刀刮光，又有受戒香疤數行，如玉蜀黍痕跡，視之殊不舒服。又或將頭髮分開作俗裝，則大可以棓擊之，蓋是破戒僧，擊畢當勒令還俗也。」

周作人在這裏的態度似乎也過分了。「最不喜一切殘毀」沒甚麼錯，至少也是你個人的自由，別人既無法亦不應該強迫你去喜歡。但別人也有別人的自由，即使他「將頭髮分開作俗裝」，讓你「視之殊不舒服」，你也不應該更沒有權力「以棓擊之」，因為打傷了人是犯法的呀！

兒童雜事詩

乙十八　高南阜

膠東名宿高南阜，文采風流自有真。
寫得小娃詩十首，左家情趣有傳人。

【原注】詩見集中，有詠女兒嬉戲，如貓蹄兒、請姑姑各題。

【箋釋】 高南阜名鳳翰，字西園，膠州人，因右臂病廢，以左手作字、繪畫、治印、琢硯皆工妙，為揚州八怪之一。他的詩亦有名，「寫得小娃詩十首」，實際上乃是八首，即《兒童詩效徐文長體》四首和《小娃詩再效前體》四首。

《板橋詩鈔・絕句二十三首》其一為《高鳳翰》，詩云：「西園左筆壽門書，海內朋交索向余，短幅長箋都散盡，老夫贋作亦無餘。」極寫高書法之被看重。

《書房一角・讀南阜山人詩集》：「南阜山人洵是妙人。出詩集七卷讀之，雖有可喜處，惜實不解詩，總無可說。不佞最善傅青主，可謂真雅，若南阜者當在次位。詩集中有《兒童詩》、《小娃詩》各四首，此類文字非俗士所能下筆也。」

《南阜山人詩集類稿》卷二為《湖海集》，《兒童詩效徐文長體》有序云：「在南州五六月，客況無聊，時與齋中小童嬉戲作兒曹事，撫掌一笑，少破岑寂。一日余方苦吟，童子笑謂阿痴日日作詩，能以吾曹嬉戲事為韻語，且令人人可解乎？余唯唯，援筆成四絕句，才一朗吟，而童子輩已嘩然競笑矣。」詩四首如下：

其一：「閒撲黃蜂繞野籬，盡橫小扇覓蛛絲。階前拾得青青竹，偷向花陰縛馬騎。」

其二：「半拽長襟作獵衣，絲牽紙鷂撲天飛。春風欄外斜陽裏，攪碎桃花學打圍。」

其三：「窗前小鳳影青青，幾日春雷始放翎。五尺長梢生折去，綠楊風裏撲蜻蜓。」

其四：「南風五月藕荷香，踏藕穿荷鬧一塘。紅袴紅衫都濕盡，又藏花帽罩鴛鴦。」

又《小娃詩再效前體》四首如下：

其一：「畫廊東畔綠窗西，鬥草尋花又捉迷。袖裏偷來慈母線，一鉤小襪刺貓蹄。」（原注：「作襪不半寸許，着貓足為戲，謂之貓蹄兒。」）

其二：「安排杓柄強枝梧，略着衣裳束一軀。花草堆盤學供養，橫拖綠袖拜姑姑。」（原注：「以杓柄作芻偶乞靈，謂之請姑姑。」）

其三：「高高風信放鳶天，阿弟春郊恰放還。偷去長絲縛小板，牽人花底看鞦韆。」

其四：「姊妹南園戲不歸，喁喁小語坐花圍。平分一段芭蕉葉，剪碎春雲學製衣。」

《秉燭後談・兒童詩》：「這幾首詩的好壞是別一問題，總之是很難得的。古人雖有『閒看兒童捉柳花』、『稚子敲針作釣鉤』等單句，整篇的在《賓退錄》卷六記有路德延《孩兒詩五十韻》，其次我想該算這七絕八首了吧。」

「左家情趣有傳人」，是說高南阜的「小娃詩十首」算得上左思《嬌女詩》的繼承者。左詩見《乙編附記・箋釋》，此處不錄。

兒童雜事詩

門前排坐喜新晴，待泥家人說古今。
獨愛鋤禾日當午，手分炒豆教歌吟。

乙十九　鄭板橋

【原注】

板橋家書，以「鋤禾日當午」二詩，教小兒於排坐吃炒豆時唱之。

【箋釋】 鄭燮字克柔，號板橋，揚州興化人，為康熙秀才、雍正舉人、乾隆進士，詩、書、畫均佳，人稱「鄭虔三絕」。本首寫他在家書中抄短詩教小兒讀唱，此確是一種很好的方法，即在今日亦可以照辦。

《板橋集》中有「與舍弟書十六通」，卞孝萱編《板橋集外詩文》又收有家書三十五通，十六通中的「濰縣寄舍弟墨第三書」便是談「教小兒唱詩歌」的，節抄如下：

「富貴人家延師傅教子弟，而力學有成者，多出於附從貧賤之家，而己之子弟不與焉。不數年間，變富貴為貧賤，有寄人門下者，有餓莩乞丐者；或僅守厥家，不失溫飽，而目不識丁；或百中之一亦有發達者，其為文章，必不能沉着痛快，刻骨鏤心，為世所傳誦。豈非高貴足以愚人，而貧賤足以立志而浚慧乎？我雖微官，吾兒便是富貴子弟，其成其敗吾已置之不論，但得附從佳子弟有成，亦吾所大願也。至於迎師傅，待同學，不可不慎。吾兒六歲年最小，其同學長者當稱為某先生，次亦稱為某兄，不得直呼其名。紙筆墨硯，吾家所有，宜不時散給諸眾同學。每見貧家之子，寡婦之兒，求十數錢買川連紙釘仿字簿而十日不得者，當察其故，而無意中與之。至陰雨不能即歸，輒留飯，薄暮以舊鞋與穿而去。彼父母之愛子，雖無佳好衣服，必製新鞋襪來上學堂，一遭泥濘，複製為難矣。」

信後又附片云：「又有五言絕句四首，小兒順口好讀，令吾兒且讀且唱，月下坐門檻上，唱與二太太、兩母親、叔叔、嬸娘聽，便好騙果子吃也。」接着便抄出了下面這四首短詩：

「二月賣新絲，五月糶新穀，醫得眼前瘡，剜卻心頭肉。」

「耘苗日正午，汗滴禾下土，誰知盤中餐，粒粒皆辛苦。」

「昨日入城市，歸來淚滿巾，遍身羅綺者，不是養蠶人。」

「九九八十一，窮漢受罪畢，才得放腳眠，蚊蟲獦蚤出。」

教兒子「坐門檻上，唱與二太太、兩母親、叔叔、嬸娘聽，便好騙果子吃」。至於「門前排坐」、「手分炒豆」，乃是做詩的筆法，因為板橋只有一個兒子，「排坐」是無法「排」的。原注將四首詩寫作「二詩」，「鋤禾日正午」寫作「鋤禾日當午」，讀時亦當注意。「待泥家人說古今」句中「泥」字讀如膩（nì），意謂柔言索要，即「軟磨硬要」之「軟磨」。

《與舍弟墨第二書》中，有一節談及對待下人家的小孩，也很有意思：「家人兒女，總是天地間一般人，當一般愛惜，不可使吾兒淩虐他。凡魚飧果餅宜均分散給，大家歡嬉跳躍。若吾兒坐食好物，令家人子遠立而望，不得一沾唇齒，其父母見而憐之，無可如何，呼之使去，豈非割心剜肉乎。夫讀書中舉中進士作官，此是小事，第一要明理作個好人，愛子之道在此不在彼也。」

兒童雜事詩

乙二十　陳授衣

絕愛詩人陳授衣，善言拋墒折花枝。
泥嬰面具尋常見，喜誦田家雜興詩。

【原注】陳授衣詩見《韓江雅集》中。「帶得泥嬰面具回」，閔廉風句，亦是集中《田家雜興》詩之一。

【箋釋】 陳授衣，名章，號竹町，杭州人，幼業香蠟，長贅於揚州，年三十，聞竹韻學詩，駸駸大成，有《孟晉齋集》。李斗《揚州畫舫錄》記「韓江雅集」中人共三十九，有授衣兄弟及厲鶚、全祖望、杭世駿、閔華等。閔華字玉井，又字蓮峰（廉風），江都（揚州）人，有《澄秋閣詩集》。

潘清撰《挹翠亭詩話》：「《韓江雅集》全謝山為序，《田家雜興》題，陳授衣云：『兒童下學惱比鄰，抛墒池塘日幾巡，折得花枝當旗纛，又來呵殿學官人。』閔廉風云：『驢背田翁傍晚回，繞身兒女笑轟雷，城中完納官租了，帶得泥嬰面具來。』數詩描寫難言之景，可謂體貼入微。」

《韓江雅集》是乾隆時在揚州「讓圃」（原天寧寺西院，時為張陸二家別墅）組織舉行的詩社刊行的一部詩集。在此需要說明一點，此韓江即邗江，是揚州的古稱，並不是廣東潮州的韓江。

《書房一角．陳授衣詩》：「寒齋有陳氏《孟晉齋詩集》，乃取出翻檢兩遍，盡二十四卷中不見『兒童下學』之詩，殆未收入集中也，但別又找到幾首，說及兒童生活，亦均可喜。卷十二《苦雨》：『水田高下沒青秧，一月無多見太陽。兒女不知調燮事，綠窗苦怨掃晴娘。』《清明》二首之一云：『燕子低飛掠草煙，城隅綠浪繫紅船。溪童三五趁朝雨，偷折柳枝來賣錢。』卷二十《上巳偶書》云：『清明楊柳重三薺，采折兒童競賣錢。可惜一離煙渚畔，竟隨葱薤市門前。』此種景像其實並不怎麼難寫，只是平常詩人看不上眼，不肯收拾來作詩料，故極少見耳。諸詩中仍以『下學』一絕最有意思，因其主意即詠兒嬉，與他詩偶用作材料者不同。」

所謂「兒嬉」，用口語說便是兒童的遊戲。

周作人認為最有意思的「拋堶池塘日幾巡」這首詩寫到的「拋堶」，堶音墮。《玉篇》：「堶，飛磚也。」楊慎《俗言》：「拋堶，兒童飛瓦石之戲。」《揚州畫舫錄》：「里人於清明時，擲瓦礫於翁仲帽上，以卜幸獲，謂之飛堶。」我小時以瓦片削水面稱「打飄飄」，立磚於地以斷磚遙擲稱「打碑」，也都是這種兒嬉即小孩的遊戲。

《拋堶》這幅插圖，我看也是畫得最好的，因其主意即畫兒嬉，不是古詩今畫，也不是圖寫故事。乙十八捉迷藏那幅也是一樣，不過往公園水面投擲瓦石早被禁止，適於「打漂漂」的小青瓦片亦已絕跡，所以更加難得。兒童遊戲是民眾生活的一部分，最能反映當時當地人的笑貌風情，記錄社會風俗亦即活的文化的流轉變遷，詩人和畫家卻多半仍然看不上眼，《拋堶》這樣的圖畫如今已很難見到了，豐氏原作亦不知尚在人間否，思之惘然。

兒童雜事詩

乙二一　俞理初

最喜龜堂自教兒，本來嚴父止於慈。
高風傳述多天趣，正是人間好父師。

【原注】俞理初著有《陸放翁教子法》、《嚴父母義》諸文，收在《癸巳存稿》中。戴醇士記其言行，見於《習苦齋筆記》。

【箋釋】 我們在乙十二箋釋中便談到過俞理初（正燮），他是周作人最佩服的古人之一。《藥堂雜文・讀初潭集》云：「中國思想界有三賢，即是漢王充，明李贄，清俞正燮。」《往昔三十首》一之四：「往昔談論衡，吾愛王仲任……明清有李俞，學海之三燈。唯此星星火，照破千古冥。」評價極高。

龜堂為陸放翁別號，乙十二即詠俞之「最喜龜堂自教兒」。

戴醇士《習苦齋筆記・俞正燮》：「理初先生黟縣人，予識於京師，年六十矣。口所談者皆遊戲語，遇於道則行無所適，東南西北無可無不可。至人家，談數語輒睡於客座。問古今事，詭言不知，或晚間酒後，則原原本本無一字遺。予所識博雅者無出其右。」李慈銘《越縵堂日記補》咸豐十一年六月廿日記：「閱黟縣俞理初孝廉正燮《癸巳類稿》，皆經史之學，間及近事紀載，皆足資掌故，書刻於道光癸巳，故以此為名。新安經學最盛，能兼通史學者惟淩次仲氏及俞君。」

中國家庭倫理講「嚴父慈母」，通常便以為父職要嚴，而嚴便是嚴厲，甚至是嚴惡。俞理初卻從陸游的大量詩句中，看出了「其教子之主於寬也如此」（詳見乙十二箋釋）。俞氏《癸巳存稿・嚴父母義》云：「慈者，父母之道也。《大學》云：為人父，止於慈。《禮運》云：父慈子孝，謂之大義。父子篤，家之肥也……《孝經》云：孝莫大如嚴父，嚴父莫大於祀天。又云：

以養父母曰嚴。又云：祭則致其嚴。——皆謂子嚴其父母也。《表記》云：母親而不尊，父尊而不親。此漢儒失言，於母則違嚴君父母及養父母曰嚴之訓，於父則違慈孝之誼，由誤以古言嚴父為父自嚴惡，不知古人言嚴皆謂敬之，《易》與《孝經》皆然。」

《秉燭後談・俞理初的詼諧》進一步評述俞理初的價值，稱之為「偉大的常人」：「蓋常人者無特別希奇古怪的宗旨，只有普通的常識，即是向來所謂人情物理，尋常對於一切事物就只公平的看去，所見故較為平正真切，但因此亦遂與大多數的意思相左，有時也有反被稱為怪人的可能，如漢孔文舉、明李宏甫皆是，俞君正是幸而免耳……如平常的人有常識與趣味，知道凡不合情理的事既非真實，並不美善，不肯附和，或更辭而辟之，則更大有益世道人心矣，俞理初可以算是這樣一個偉大的常人了」。

寫本附有詠李卓吾一首：「論人卓老有同志，說妬周婆多怨詞。幸喜未逢張問達，不然斷送老頭皮。」注云：「張問達即彈李卓吾之御史。案此詩不涉兒童事，因關聯俞君，附錄於此。」

「說妬周婆」的故事是：或勸女人勿妬，謂周禮如此。女問周禮何人所製，答云周公。女曰，若是周婆，定不如此。

兒童雜事詩

不教兒童嚼木札，故將文字示幺兒。
古今多少經生輩，慚愧鄉寧學老師。

乙二二　王棻友

【原注】棻友著有《教童子法》及《文字蒙求》，皆嘉孺子之事也。案王君為鄉寧知縣，此云「學老師」，誤也，亦不復改作。

【箋釋】 王菉友名筠，他本來只做過知縣，詩裏卻稱之為「學老師」（清制府廳州縣均設學官，縣學設教諭、訓導，稱學老師），是為了趁韻而將錯就錯。

繆荃孫《續碑傳集》卷七四《王筠傳》：「王筠字貫山，山東安邱人，道光元年舉人，山西鄉寧縣知縣，博涉經史，尤深《說文》之學……鄉寧在萬山中，民樸事簡，訟至立判，暇則抱一編不去手。權徐溝，再權曲沃，地號繁劇，二縣皆治，然亦未嘗廢學。著有《說文釋例》二十卷、《說文句讀》三十卷、《說文繫傳校錄》、《鄂宰四種》、《蛾術編》、《禹貢正字》、《禮記讀》、《儀禮鄭注句讀刊誤》、《四書說略》。」

《書房一角・教童子法》：「王菉友著《教童子法》一卷，附《四書說略》後，雖只十三紙卻頗有精彩語，即使未能上比古人，亦足與張香濤《輶語》競爽矣。如云：『學生是人，不是豬狗。讀書而不講，是唸藏經也，嚼木札也。』又云：『小兒無長精神，必須使有空閒。』均清楚爽利可喜。又謂作詩文必須放，放之如野馬踶跳咆哮，不受羈絆，久之必自厭而收束矣。此則可通於文藝製作，尤有見識，非平常為父師者之所能知矣。」

又同書《文字蒙求》云：「《文字蒙求》四卷昔曾涉獵，今日又取閱，亦覺得多可喜處。所說根據《說文》，改變處卻亦不少，且其著書目的全為兒童，與《鄂宰四種》中念念不忘後生初學相同，此意甚可感，亦實希有可貴。清朝乾嘉以後國學大師輩出，但其所經營者本是名山事業，殆無意為小學生預備入門梯階，故至今《說文》仍為難讀之書，所謂小學終非大人不能去翻看第一頁也。王菉友於文字學想到童蒙求我，雖是草創之作，歷整整百年，還須推獨步，思之可尊重，亦令後人愧恧耳。」

周作人歌頌《教童子法》和《文字蒙求》這兩本書，不是因為它們有多高的學術水平，只是為了它們肯為兒童着想也就是「嘉孺子」。《藥堂雜文・新文字蒙求》：「現代的學者太是小乘的了，平常在研究所埋頭用功，苦心著書，本是很好的事，但其目的差不多就是寫自己的博士論文……至多是得到阿羅漢果，還仍是個自了漢罷了。」

《立春以前・大乘的啟蒙書》：「近代中國的學者之中，也曾有過這樣的人，他們不但竭盡心力著成專書，預備藏之名山傳之其人，還要分出好些工夫來，寫啟蒙用的入門書，例如《說文釋例》等書的著者王筠著有《文字蒙求》、《正字略》與《教童子法》……此皆是大乘菩薩之用心，至可佩服者也。」

兒童雜事詩

乙二三　凱樂而

絕世天真愛麗思，夢中境界太離奇。
紅樓亦有聰明女，不見中原凱樂而。

【原注】《愛麗思漫遊奇境記》，英國凱樂而著，趙元任譯。

【箋釋】凱樂而（Lewis Carroll，1832—1898），今譯名卡羅爾，是牛津大學理工學院數學講師C.L. 道奇森的筆名。

一八六二年夏季某日，凱樂而帶鄰居的七歲小女孩愛麗思和她的姊妹去划船，在船上編故事講給孩子們聽，隨後又應愛麗思的請求記錄下來，無意中被作家金斯萊見到後力勸將其發表，這就是《愛麗思漫遊奇境記》同其續篇《鏡中世界》。這兩本書很快就成了英國和全世界最受歡迎的童話之一，被公認為荒誕文學最高水平之作，早已被譯成各種文字，在各國廣泛出版。

《愛麗思漫遊奇境記》在英國初版於一八六五年，很快因印刷粗劣而被收回，據說只有二十一冊留存在外。右邊這幅即為初版插圖之一，是我們特地將它保存在本書中的。

凱樂而本是位教數學的教師，卻還寫有不少別的文學作品，他又是一個十分成功的攝影家，而且用本名發表過不少數學和邏輯學的著作。

中國人習慣在書中對兒童說教，古來即絕少讓孩子們看了娛樂的書。近代有了「童話」「兒童故事」這類讀物，又總要往裏面灌輸各種各樣的大道理，要求它一定要能夠起到教育作用，認為孩子只該讀「有意思」（能起到教育作用）的書。

周作人的觀點卻與此不同，《自己的園地・阿麗思漫遊奇境記》：「近來看到一本很好的書，便是趙元任先生所譯的《阿麗思漫遊奇境記》……這部書的特色，正如譯者序裏所說，是在於他的有意味的『沒有意思』。英國政治家辟忒（Pitt）曾說：『你不要告訴我說一個人能夠講得有意思，各人都能夠講得有意思，但是他能夠講得沒有意思麼？』文學家特坤西（De Quincey）也說，只有有異常才能的人，才能寫沒有意思的作品……然而這『沒有意思』，決不是無意義，他這著作是實在有哲學的意義的。麥格那思在《十九世紀英國文學論》上說：『利亞的沒有意思的詩與加樂爾的阿麗思的冒險，都非常分明的表示超越主義觀點的滑稽。他們似乎是說——你們到這世界裏來住罷，在這裏物質是一個消融的夢，現實是在幕後——阿麗思走到鏡子的後面，於是進奇境去。在他們的圖案上正經的分子都刪去，矛盾的事情很使兒童喜悅』……就兒童本身上說，在他想像力發展的時期確有這種空想作品的需要，我們大人無論憑了甚麼神呀皇帝呀國家呀的神聖之名，都沒有剝奪他們的這需要的權利，正如我們沒有剝奪他們衣食的權利一樣。」

兒童雜事詩
乙二四　薩洛延
一卷空靈寫意詩，人間喜劇劇堪悲。
街頭冒險多憂樂，我愛童兒由利斯。
由利斯

【原注】《人間的喜劇》，美國薩洛延著，有柳無垢譯本，不完全，可惜也。著者本是亞耳美尼亞人。

【箋釋】 小說《人間喜劇》是美國作家薩洛延的代表作之一，出版於一九四三年。

薩洛延（William Saroy，1908—1981），今譯名薩羅揚，父親是亞美尼亞移民。他從十五歲起就離開學校，努力自學和寫作。一九三九年其劇本《我的心在高原》獲得極大成功，一九四〇年他拒絕接受頒發給他的另一劇本的普利策獎，理由是它「與我的任何其他作品相比毫無出色之處。」這件事情使他在文學界和整個社會上得到了更高的聲譽。

《不列顛百科全書》說薩羅揚「因寫有歌頌儘管貧窮、飢餓和缺乏保障，卻不乏樂趣的生活的，大量活潑、獨特和粗獷的短篇小說，而享有聲譽……他着重描寫一切人的善良天性及人生的價值，對日常語言運用自如，因此筆下人物栩栩如生，大部分故事取材於他童年的經歷和家庭遭遇，這主要表現在故事集《我的名字叫阿拉姆》和小說《人間喜劇》中」。

《中國大百科全書》外國文學卷說：「活着受窮勝過致富而死，這是薩羅揚早期作品中明顯的思想。他描寫人們，特別是天真的小人物善良的本性，強調人活着要有志氣，要公正純潔，而不應過分注重物質利益。」

《人間喜劇》寫一個普通的家庭，父親早年逝世，留下三子一女。由利斯是小兒子，小小年紀便嘗足了人間的辛酸，也感受到人間的溫暖。這樣一部好小說，當然應該有一個好的譯本。先出的柳無垢譯本，周作人覺得還不夠好。

《亦報隨筆．美國小說》批評柳無垢譯本並不是全譯，說它所譯的「只有三分之二，而且把作者發揮他的理想的地方都給刪掉了。薩羅揚雖是當過兵，但他是反戰的，只是不好說明。他的祖國是亞耳美尼亞，歷來受難，那裏原始的基督教又有一種東方的神秘空氣，所以他說『他跟我們是一體』，又云『世界的人是等於一個人』……這些話全都刪去，大有買櫝還珠的意味。而且又將有些很好玩的場面，例如荷馬遇見從前養過兔的老人，由利斯跟了小孩們去偷杏子，也整個節省了，這真是很可惜的事」。

一九五〇年寫本《兒童雜事詩》，原注在「柳無垢譯本不完全，可惜也」之後，還有幾句：「徐禮庭新譯全本，曾見其原稿，更流暢可讀，並可具見作者意旨，但未知其能出板否耳。」這個意思，事實上即是《美國小說》說的那些話的延伸。

光陰似箭，一眨眼六七十年過去，徐禮庭的新譯全本是否出版了呢？也許早就已經印行，或者還出版了更多更好的譯本，只怪我孤陋寡聞沒有見到吧。

丁亥大暑節後，中夜聞蛙聲不寐，偶作「晉惠帝」一詩，後復就記憶所及，以文史中涉及小兒諸事為材，賡續損益共得二十四章。左家《嬌女》，珠玉在前，未敢弄拙，雖頗自幸，亦殊以為憾事也。七月三十一日。

兒童故事詩本應多趣味，今所作乃殊為枯燥，甚覺辜負此題。有些悲哀的故事，如孔文舉二子、《水滸》之小衙內、和骨爛、因子巷等，常往來於胸中，而自覺無此筆力與勇力，故亦不敢漫然涉筆，殊不能自辨為幸為憾也。九月廿八日校錄後再記。

【箋釋】「左家嬌女，珠玉在前」，意思是說從前左思作的《嬌女詩》，已經很好，很難做得比它更好了。茲據《玉台新詠》本錄全詩如下：吾家有嬌女，皎皎頗白皙。小字為紈素，口齒自清歷。鬢髮覆廣額，雙耳似連璧。明朝弄梳台，黛眉類掃跡。濃朱衍丹唇，黃吻瀾漫赤。嬌語若連瑣，忿速乃明㦖。握筆利彤管，篆刻未期益。執書愛綈素，誦習矜所獲。其姊字惠芳，面目燦如畫。輕妝喜樓邊，臨鏡忘紡績。舉觶擬京兆，立的成復易。玩弄眉頰間，劇兼機杼役。從容好趙舞，延袖像飛翮。上下弦柱際，文史輒卷襞。顧眄屏風畫，如見已指摘。丹青日塵暗，明義為隱賾。馳騖翔園林，果下皆生摘。紅葩掇紫蒂，萍實驟抵擲。貪華風雨中，倏忽數百適。

務躡霜雪戲，重綦常累積。並心注餚饌，端坐理盤槅。翰墨戢函按，相與數離逖。動為爐鉦屈，屣履任之適。止為荼菽據，吹噓對鼎鑩。脂膩漫白袖，煙熏染阿錫。衣被皆重地，難與沉水碧。任其孺子意，羞受長者責。瞥聞當與杖，掩淚俱向壁。

「悲哀的故事」提到的，孔文舉二子見《後漢書・孔融傳》：「(融)女年七歲，男年九歲……融被收而不動。左右曰，父執而不起，何也？答曰，安有巢毀而卵不破乎？主人有遺肉汁，男渴而飲之。女曰，今日之禍，豈得久活，何賴知肉味乎？兄號泣而止。或言於曹操，遂盡殺之。」

「小衙內」則是《水滸傳》中的故事，見第五十回。那小衙內「年方四歲，生得端嚴美貌，乃是知府親子」。為了拉朱仝上山，梁山好漢李逵用板斧把他梳着雙丫角的頭劈成兩半。

「和骨爛」則是南宋莊季裕《雞肋編》中的記載，云靖康時「人肉之價賤於犬豕，肥壯者一枚不過十五錢，全軀曝以為脯。又登州范溫率忠義之人泛海至錢塘，有持至行在充食者，老瘦男子謂之饒把火，婦女少艾者名之為不羨羊，小兒呼為和骨爛。」

「因子巷」見朱弁《曲洧舊聞》，記宋兵下南唐，屠城，有婦人被殺，其子尚就母屍求乳，「見之惻然」，始下令停刀，後遂名其地曰「因子巷」，意思是因此子此巷始獲保全。

丙編　兒童生活詩補

兒童雜事詩

丙之一　八大錘

兒女英雄滿壁排，攤頭花紙費衡裁。
大櫥美女多嬌媚，不及橫張八大錘。

【原注】直幅美女圖用以貼衣櫥門扇上者名大櫥美女。八大錘畫戲裝武士數人持錘，大小式樣不一，多係橫幅，男孩每喜購之。

【箋釋】「花紙」（今通稱為年畫）共有三首，本首詠「大櫥美女」及「八大錘」，今題作「八大錘」。

《八大錘》為舊劇劇目名，演岳雲、狄雷、嚴成芳、何元慶大戰陸文龍事，四人俱使雙錘，故名。故事見《説岳全傳》四十五回。這是純粹的故事畫，而攤頭上更多的則是寓意富貴吉祥多福多子的「喜慶畫」，在上世紀五十年代以前。這本是民間工藝美術的一種特色，現在也仍然留存着痕跡。

《苦茶隨筆・畫廊集序》説道：日本的浮世繪絕無抽象畫或寓意畫，而中國的民間畫裏卻有好些寓意畫，如五子登科、得勝封侯等，「這與店號喜歡用吉利字樣一樣，可以説是中國人的一種脾氣，也是文以載道的主義的表現吧。在我們鄉間這種年畫只叫作『花紙』，製作最好的是立幅的大櫥美女，普通都貼在衣櫥的門上，故有此稱，有時畫的頗有姿媚，雖然那菱角似的小腳看了討厭……那些故事畫更有生氣，如八大錘、黃鶴樓等戲文，老鼠嫁女的童話，幼時看了很有趣，這些印象還是留着……現在的花紙怎麼樣了呢，我不知道，恐怕紙改用了洋紙，印也改用石印了吧，這是改善還是改惡，我也不很明白，但是我個人總還是喜歡那舊式的花紙的。花紙之中我又頂喜歡老鼠嫁女，其次才是八大錘，至於寓意全然不懂，譬如松樹枝上蹲着一隻老活猻，枝下掛着一個大黃蜂窠，我也只當作活猻和黃蜂窠看罷了，看看並不覺得有甚麼好玩。自然，標榜風雅的藝術畫在現今當為志士們所斥棄了，這個本來我也不懂得，然而民間畫裏那畫以載道的畫實在也難以佩服……我們即使能為婦孺畫老鼠嫁女以至八大錘，若掛印封侯、時來福湊這種厭勝畫，如何畫得好乎？」

「攤頭花紙」說的是貨攤上出售的花紙。而湖南隆回縣亦有地名「灘頭」，下面這張「楚南灘鎮新刻老鼠取親全本」，便是該地的出品，現藏湖南省博物館。自稱楚南不稱湖南，時間當在湖南設省之前，那麼它起碼也是三百年前的老花紙，可與下一首的插圖參看。

兒童雜事詩

丙之二　老鼠做親

老鼠今朝也做親，燈籠火把鬧盈門。
新娘照例紅衣褲，翹起鬍鬚十許根。

【原注】

老鼠成親花紙，儀仗輿從悉如人間世，有長柄宮燈一對，題字曰「無底洞」。

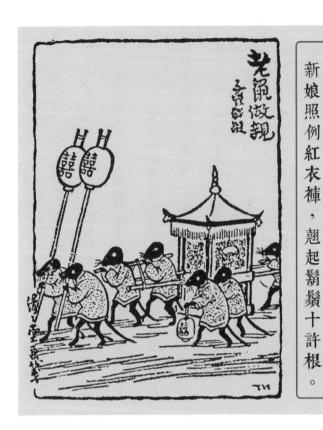

【箋釋】 本首原為「花紙二」，單詠「老鼠做親」，即以此題之。

老鼠做親是土生土長的童話。將平日熟悉的小動物擬人，更覺得滑稽有趣。方濬師《蕉軒隨錄》：「相傳除夕為鼠嫁期，小兒女用饅頭插通草花於上，散置僻處，謂之遣嫁。」老鼠偷吃本來多麼討嫌，這時反給牠們送吃的，溫存地款待起來了。

徐時棟《煙嶼樓讀書志》卷十六《清白居士集》第五條：「杭俗謂除夕鼠嫁女，竊履為轎。《蛻稿》中有《嫁鼠詞》中有警句云：『好合定知時在子，以履為車鼠子迓，鼠婦新來拜鼠姑，鼠姑卻立拱而謝。』運用自然。」蕭山寅半生編《天花亂墜》二集卷五有王衍梅《鼠嫁詞》小引云：「《虞城志》，正月十七夜民間禁燈，以便鼠嫁。」詩凡二十五韻，有云：「顛當守門防客走，拱鼠前揖將進酒，小姑豔過鼠姑花，廚下先嘗儂洗手。」又云：「啾啾唧唧數聘錢，香車飛駕雕欒邊，嬌羞鸞鏡一相照，不許燈花窺並肩。」

《書房一角・記嫁鼠詞》引述後云：「此與以履為車純是童話意境，在詩文中殊不易見到。鼠嫁女也是有趣的民間俗信，小時候曾見有花紙畫此情景，很受小兒女的歡迎，不知現今還有否也。王衍梅著有《綠雪堂集》二十卷，查閱兩遍卻找不到那篇《鼠嫁詞》，寅半生或別有所據歟。」

魯迅也寫到過他小時候對鼠嫁女花紙的印象。《朝花夕拾・狗貓鼠》：「我的牀前就貼着兩張花紙，一是『八戒招贅』，滿紙長嘴大耳，我以為不甚雅觀；別的一張『老鼠成親』卻可愛，自新郎新婦以至儐相、賓客、執事，沒有一個不是尖腮細腿，像煞讀書人的，但穿的都是紅衫綠褲。」

原注云長柄宮燈上題「無底洞」，這是《西遊記》第八十三回中老鼠精的洞名。下面這張民國時期的花紙，所畫燈籠好像無法高舉，所以不能叫宮燈；豐子愷所畫插圖雖然畫了宮燈，燈上卻只題雙喜字，也不如老花紙題「無底洞」那樣有趣了。

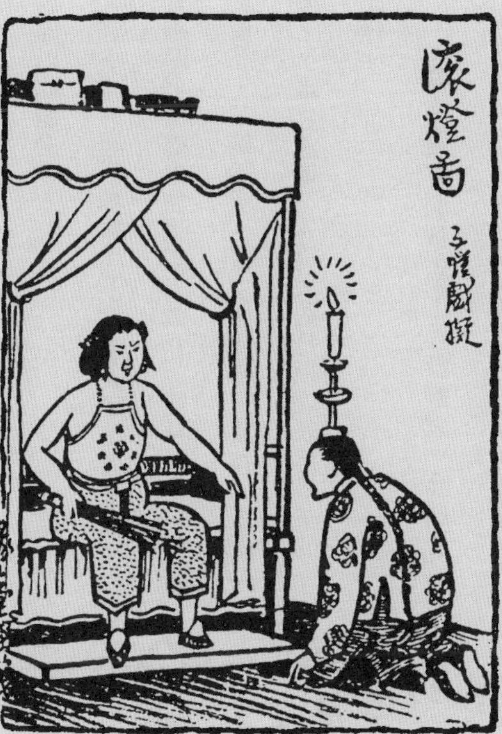

兒童雜事詩

丙之三　滾燈

滾燈身手好男兒，畫出英雄氣短時。
莫笑閨中甘屈膝，陳風古有怕婆詩。

【原注】

花紙有「滾燈」者，不詳其本事，畫作男子伏地頭頂燭台，女人着紅抹胸戟指指麾。《詩經》中「彼澤之陂」一篇，牟默人說是陳人怕婦詩，見所著《詩切》中。昔與故友餅齋談及，誦「涕泗滂沱」及「有美一人，碩大且儼」語，輒相與絕倒。

【箋釋】 本首原為「花紙三」，單詠「滾燈」，因即以此題之。

李斗《揚州畫舫錄》：「王大頭尖而不顙，置碗頭上，碗中立紙絹人數寸，跪拜跳踉，至於偃仆，其碗不墜。後安慶武部習其技，置燈頭上，謂之滾燈。」這大約是頂燈表演最早的記錄。

《湖南地方劇種志・巴陵戲志》介紹有「皮慶滾燈」戲，演員將燃着的油燈置於頭頂，在戲台上滿地打滾，燈不傾斜，油不外溢。皮慶由丑角扮演，他怕老婆而又好嫖賭，一夕遲歸被罰跪頂燈。不少地方戲中，都有類似的節目，主角都是怕老婆的人，以「滾」為賣點，而川劇有回還「滾」到春節聯歡晚會上去了。如今女權尚待伸張，家暴亟須制止，男人們卻特別喜歡看怕老婆的表演，也真是奇哉怪也！

《藥堂雜文・關於祭神迎會》：「所扮有滾凳、活捉張三，皆可笑。」這滾凳也就是滾燈，在本頁這幅《滾紅燈》中，頭頂燭台的男人便滾到凳子下面了。若像上頁那幅《妻打男》，丈夫所頂煤油燈得用手護着，便不大能夠「滾」，所以凳子上那隻貓才能悠閒地坐在那裏。

《詩切》，山東棲霞牟廷相著。《藥堂語錄・讀詩管見》：「《詩切》所說雖多似詼詭，然亦頗有適切者。如《澤陂》之第三章云：彼澤之陂，有蒲菡萏。有美一人，碩大且儼。寤寐無為，輾轉伏枕。牟氏解之為陳人怕婦詩，豈不極似？徐讀一過，直令人忍俊不禁，此雖未能謂為確解，總不得不說殊有巧思也。」難怪周作人和錢玄同談及時「相與絕倒」了。

《滾紅燈》中人物着戲裝，蓋是寫實。原注云「男子伏地頭頂燭台」，豐子愷照樣畫了，但長袍馬褂頭頂高燭怎能滾，恐怕只能像《妻打男》中那樣跪着捱雞毛撣子吧。

兒童雜事詩

丙之四　十兄弟

曼倩詼諧有嗣響，諾皋神異喜重聽。
大頭天話更番說，最愛捕魚十弟兄。

【原注】為兒童説故事多奇詭荒唐，稱曰「大頭天話」，即今所謂童話也。十兄弟均奇人，有長腳、闊嘴、大眼等名，長腳入海捕魚，闊嘴一嚐而盡，大眼泣下，遂成洪水，乃悉被沖去。

【箋釋】「故事」詩原有三首，本首所詠故事為「十兄弟」，故即題作「十兄弟」。

兒童都喜歡聽故事。古代會講故事的人有東方朔，他字曼倩，是漢武帝時候的人，以詼諧滑稽會講故事出名，「後之好事者因取奇言怪語附著之朔」（《漢書》卷六十五）。魯迅《中國小説史略》云：「稱東方朔撰者有《神異經》一卷……辭意新異，齊梁文人亦往往引為故實。」

《諾皐記》則是唐代段成式所著《酉陽雜俎》中的一編，內容完全是神異故事。王士禛《香祖筆記》卷六有一則謂古今傳記「未有如《諾皐記》之妄者……云天翁姓張名堅字刺渴，漁陽人，少不羈，嘗羅得一白雀，愛而養之。夢劉天翁責怒，每欲殺之，白雀輒以報堅。堅設諸方待之，終莫能害，天翁遂下觀之。堅盛設賓主，乃竊乘天翁車，騎白龍，振策登天，天翁追之不及。堅既到天宮，令百官杜塞北門，封白雀為上卿。劉翁失治，徘徊五嶽作災。堅患之，以劉翁為太山太守，主生死之籍」。《藥堂語錄・張天翁》敘述後評論道：「此事便只是荒唐得好玩，是傳説與童話的特色」，也就是故事的特色了。

《亦報隨筆・妙峰山與無底洞》：「小孩喜歡聽講故事，有地方叫『説古今』，或云『大頭天話』，裏邊不但貓狗説話，而且妖精現形，老虎化為外婆，田螺變成新婦，現在的成年人大概還多少記得。後來從外國傳進知識來，知道這些都是童話，有的又怕聽了真會相信貓狗説話，養成迷信，主張廢除，我個人是不這樣主張的。」

十兄弟的故事，我小時也聽講過。據紹興陳伯田君所述，情節大約是這樣的：有村婦求子，來老翁令吞菜籽十顆，遂一胎生十子，一大頭，二硬頸，三長腳，四遠聽，五油煎，六厚皮，七入地，八大腳，九闊嘴，十大眼。大頭進城，頭觸屋坍斃人，論抵當斬。遠聽得知，使硬頸往代，刀不能傷。官命溺死，則長腳往代。改下油鍋，油煎入鍋，毫無痛苦。改用鋸刑，厚皮受鋸亦不傷。最後遂將其活埋，入地往代，旋即回家矣。合家歡聚，家貧無餚，長腳下海捕得大魚，又乏柴火，大腳將刺入腳板之木頭拔出當薪。魚羹熟後，闊嘴爭先嚐味，一啜而羹為之盡。大眼老十不禁大哭，眼淚竟成洪水。長腳負母上山，隨後並將弟兄一一救出，從此十兄弟孝順友愛，歡喜度日。

所謂「大頭天話」或即由「十兄弟」中的「大頭老大」而起。

兒童雜事詩

丙之五　老虎外婆

老虎無端作外婆，大囡可奈阿三何。
天教熱雨從頭降，拽下猴兒着地拖。

【原注】「老虎外婆」為最普通的童話，云老虎幻為外婆潛入人家，小女為其所啖。大女偽言如廁，登樹逃匿。虎不能上，乃往召猴來，猴以索套着頸間，徑上樹去。女惶急遺溺着猴頭上，猴大呼熱熱，虎誤聽為拽，即拽索急走，及後停步審視，則猴已被勒而死矣。俗語呼猴子曰阿三。

【箋釋】 本首原為「故事二」，因詠老虎外婆故事，即以為題。

《魯迅的故家・童話》在談到某外國作家回憶她兒時排演童話劇的快樂之後說：「西洋的小孩有現成的童話書，甚麼《殺巨人的甲克》《灰丫頭》以及《三個願望》等，我們沒有這些，只是口耳相承的聽到過《蛇郎》和《老虎外婆》等幾個故事。」

老虎外婆故事的內容，《兒童文學小論・童話研究》曾介紹，略云：「母有二女，一日寧家，因止宿焉。夕有虎至，偽言母歸（鍾按：母歸當作外婆來）。及夜共臥，即殺幼女食之。長女聞聲，詢其何作，曰方食雞骨頭糕乾也，女乞分啖，乃擲一指予之。女懼謀逸，詭言欲溲，便命溺被中。女諉以被冷，乃索足帶牽之。女以帶端繫溺器蓋上，登樹匿。虎曳帶不見有人，乞猿往捕，猿墮地死，卒不能得。」後又言：「女欲秉火出迎，虎止勿須，坐甕上，藏其尾，又臥時女怪其毛毿毿然，虎以披裘自解，恐皆後出，以為前言文飾者也。」

這吃人的老虎外婆，《童話研究》云：「江西一說為猩猩，而無使猿捕女事。」又云：俄國童話則稱巴巴耶迦（Baba Yaga），居雞腳舍中。日本曰山姥，亦云山母。「言有三子，名豆大、豆次、豆三。山姥入其家，夜取豆三啖之，問何聲響，答曰，食澤醃漬萊菔也，又索食，亦予一指。二人思遁，豆次言欲溺，山姥令溺庭間（方言謂室中泥地），曰恐為庭神所怒，遂得脫，匿井邊桃樹上。山姥窺水見影追之，墜地而死。其後又言墜處適在蕎麥田中流血漬麥，故蕎麥之殼至今赤色，則轉為物原傳說，但論大體與《老虎外婆》甚肖，慮非孤生也。」

《童話研究》的結論是：「國民傳說，原始之時類甚簡單，大抵限於一事，後漸集數式為一，雖中心同意，而首尾離合，故極其繁變。如上舉二式，同為食人，節目亦近，而終乃變異，一為物原傳說，一為動物故事，可以見矣。老虎外婆令猿追女，猿以繩繞頸緣樹而上，女惶迫溺下，猿呼熱，虎誤解為曳（熱、曳，越音相近），即曳其繩，猿遂縊死。其結束重在猿虎因緣，與《老虎怕漏》同，此特多滑稽之趣而已。」這就進而對不同國家的民間故事作比較的分析，具有學術的意義了。

老虎外婆的故事，和十兄弟的故事一樣，我自己小時候也是聽過的，可見它在中國也很普及，並不限於紹興或江西。現在幼兒園裏頭，「狼外婆」來騙「小兔子乖乖，把門開開」的做遊戲的兒歌，也還在小朋友口中唱着啊！

兒童雜事詩

丙之六　仙山

幻想山居亦大奇，相從赤豹與文狸。
牀頭話久渾忘睡，一任簷前拙鳥飛。

【原注】

空想神異境界，互相告語每至忘寢。兒童遲睡，大人輒警告之曰，拙鳥飛過了。謂過此不睡，將轉成拙笨也。拙鳥是一種想像的怪鳥，或只是鳥之拙者，故飛遲歸晚，亦未可知。但味當時語氣，則似以前說為近耳。

【箋釋】 本首原為「故事三」，卻是詠自家兄弟編了故事説着解悶的，因為「最普通的是説仙山」，即題作「仙山」。

《魯迅的故家・童話》曾經特別提到這首詩，説：「這裏邊也有本事，有一時期魯迅早就寢而不即睡，招人共話，最普通的是説仙山。這時大抵看些《十洲》、《洞冥》等書，有『赤蟻如象』的話，便想像居住山中，有天然樓閣，巨蟻供使令名阿赤阿黑，能神變，又煉玉可以補骨肉，起死回生。似以神仙家為本，而廢除道教的封建氣，完全童話化為以利用厚生為主的理想鄉。每晚繼續的講，頗極細微，可惜除上記幾點之外全都記不得了。」

魯迅《中國小説史略》：「《十洲記》一卷亦題東方朔撰，記漢武帝聞祖洲、瀛洲、玄洲、炎洲、長洲、元洲、流洲、生洲、鳳麟洲、聚窟洲等十洲於西王母，乃延朔，問其所有之物名，亦頗仿《山海經》……又有《漢武洞冥記》四卷，題後漢郭憲撰，全書六十則，皆言神仙道術及遠方怪異之事。」

《楚辭・九歌》：「乘赤豹兮從文狸。」這些異物可作神話講，但周作人他們小時卻還扮演過比這更為接近現實生活的故事。

《自己的園地・兒童劇》述劇作者阿耳考忒夫人回憶兒時自編自演巨人、巫婆及地仙，十分有趣。因謂：「我們的回憶沒有這樣優美……現在所記得的是十二歲往三味書屋讀書時候的事情……從家裏到塾中不過隔着十家門面，其中有一家的主人頭大身矮，家中又養着一隻不經見的山羊……同學裏面有一個身子很長……又有一個長輩，因為吸鴉片的緣故，聳着兩肩，彷彿在大衫底下橫着一根棒似的：這幾個現實的人，在那時看了都有點異樣，於是拿來戲劇化了，在有兩株桂花樹的院子裏扮演這日常的童話劇。大頭不幸的被想像做兇惡的巨人，帶領着山羊佔據了岩穴，擾害別人；小頭和聳肩的兩個朋友便各仗了法術去征服他，小頭從石窟縫裏伸進頭去窺探他的動靜，聳肩等他出來，只用肩一夾，便把他裝在肩窩裏捉了來了……當時覺得非常愉快，用現代的話來講，演着這劇的時候實在是得到充實生活的少數瞬間之一。」

自編神話自演故事，這是兒童的創作，不必多加干涉。《自己的園地・兒童的書》批評中國教育「中了實用主義的毒，對兒童講一句話，眨一眨眼，都非含有意義不可」。然後説道：「兒童幻想正旺盛的時候，能夠得到他們的要求，讓他們愉快的活動，這便是最大的實益……總之兒童的文學只是兒童本位的，此外更沒有甚麼標準。」

兒童雜事詩

丙之七　一顆星

夏夜星光特地明，兒歌啁哳劇堪聽。
爬牆蟻蜣尋常有，踏殺綿羊出事情。

【原注】

兒歌《一顆星》最通行，前後趁韻接續而成，絕無情理，而轉換迅速，深愜童心。末曰「蜣蟻會爬牆，踏殺兩隻大綿羊」。末句有各種異說，此為其雅馴者也。

【箋釋】「歌謠」原亦有三首，本首詠兒歌「一顆星」，今即以歌名為題。

《越諺》卷上「孺歌之諺」有《一顆星》，原注云：「顆，平聲。相傳嘉慶時召越人之部書者，外人混充輒問此諺。其真者必笑曰，童習語也，誦之如流。」歌云：「一顆星，隔壗燈。兩顆星，加油明。油瓶漏，好炒豆。炒得三顆烏焦豆，撥隔壁媽媽搽癩頭。癩頭臭，加烏豆。烏豆香，加辣薑。辣薑辣，加水獺。水獺尾巴長，加姨娘。姨娘耳朵聾，加裁縫。裁縫手腳慢，加隻雁。雁會飛，加隻雞。雞會啼，加蚼蟻。蚼蟻會爬牆，踏殺兩隻大綿羊。」

末句原為「踏殺兩隻大綿羊」，但也確有各種異說，最不雅馴的一句是「脔得小老鼠喊娘」。現存《童謠研究》稿本（封面寫「二年癸丑一月始業，擬編為越中兒歌集一卷」）第十五頁第三十一首便是《一顆星》，末句則作「入得小老鼠賴娘」。小孩在「蚼蟻會爬牆」之下接唱「踏殺兩隻大綿羊」，算是「尋常有」的遊戲；若是唱出「脔得小老鼠喊娘」甚麼的，那就會「出事情」，也就是捱長輩的罵了。

《越諺》卷中「蟲豸部」：「蚼蟻，呼義，蟻也。」也就是普通的螞蟻，但在紹興方言中唸作「呼義」。

《兒童文學小論・歌謠》：「（兒童）遊戲時選定擔任『苦役』的人，常用一種完全沒有意思的歌詞，這便稱作『抉擇歌』（Counting out song）；還有一種只用作歌唱，雖亦沒有意思而各句尚相連貫者，那是趁韻的滑稽歌。」《一顆星》即是這種滑稽的歌。

同書《兒歌之研究》：「越中小兒列坐，一人獨立作歌，輪數至末字，其人即起立代之，歌曰：鐵腳斑斑，斑過南山。南山里曲，里曲彎彎。新官上任，舊官請出。此本抉擇歌，凡競爭遊戲，需一人為對手，即以歌別擇，以末字所中者為定……蓋兒歌重在音節，多隨韻接合，義不相貫，如『一顆星』及『天裏一顆星，樹裏一隻鷹』『夾雨夾雪，凍殺老鱉』等皆然。兒童聞之，但就一二名物，涉想成趣，自感愉悦，不求會通，童謠難解，多以此故。唯本於古代禮俗，流傳及今者，則可以民俗學疏理，得其本意耳。」

寫作《童謠研究》前十五年戊戌，六歲的四弟椿壽病亡，周作人做了一首《冬夜有感為四弟作》：「空庭寂寞伴青燈，倍覺淒其感不勝，猶憶當年丹桂下，憑欄聽唱一顆星。」此為現存他最早的詩作，可見《一顆星》這首兒歌在周氏兄弟兒童生活中的位置。憑欄聽唱，手足怡怡，四兄弟中不幸夭折了一個，重親情的自然會「淒其感不勝」，形諸筆墨了。

兒童雜事詩

丙之八　火螢蟲

階前喜見火螢蟲，拍手齊歌夜夜紅。
葉底點燈光碧綠，青燈有味此時同。

【原注】越中方言稱螢火為火螢蟲。兒歌云，火螢蟲，夜夜紅。

【箋釋】本首原為「歌謠二」，今題作「火螢蟲」。

《越諺》卷上「謠諑之諺」有《各自食力勤儉作家謠》：「火螢蟲，夜夜紅，公公挑菜賣胡葱（婦謂舅曰公公），婆婆績綵糊燈籠（姑曰婆婆），倪子開店做郎中（行醫），新婦抽牌捉牙蟲（又有一說，倪子打卦做郎中，新婦織布兼裁縫），一石米桶吃勿空。」《童謠研究》稿本卷二亦錄有此歌，「倪子」作「兒子」，最後一句又按云，「一無此句」。

《兒童文學小論・兒歌之研究》謂兒歌「分為前後兩級，一曰母歌，一曰兒戲。母歌……其最初者即為撫兒使睡之歌……次為弄兒之歌，先就兒童本身指點為歌，漸及於身外之物……越中持兒手，以食指相點，歌曰『斗斗蟲，蟲蟲飛。飛到何裏去？飛到高山吃白米，吱吱哉！』……又如『點點窩螺』，『車水咿啞喔』，『×××到外婆家』，『打蕎麥』亦是。又次為體物之歌，率就天然物象，即興賦情，如越之『鳩鳴燕語』，『知了啫啫叫』，『火螢蟲夜夜紅』。杭州亦有之，云『火焰蟲，的的飛，飛上來，飛下去』，或云『螢火螢火，你來照我』，甚有詩趣。北京兒歌有『喜兒喜兒買豆腐』及『小耗子上燈台』。《北齊書》引童謠『羊羊吃野草』，《隋書》之『可憐青雀子』又『狐截尾』，《新唐書》之『燕燕飛上天』，皆其選也。複次為人事之歌……如越中之『喜子窠』，『月亮彎彎』，『山裏果子聯聯串』是也。」

在兒歌裏被唱着的火螢蟲，從前說成是勤奮夜讀的燈火。《太平御覽》引《續晉陽秋》：「車胤，字武子，好學不倦，家貧不能得油，夏日則練囊盛數十螢火，以夜繼日焉。」這囊螢照讀的故事，成為讀書人的美談，流傳很是久遠，其實卻是經不起檢驗，完全靠不住的。《立春以前・螢火》引法布耳《昆蟲記》的話說，「假如拿一個螢火在一行文字上移動，黑暗中可以看得出一個個的字母，以外甚麼都看不見了，這樣的光會使得讀者失掉耐性的。」可見這車胤的故事編得「很有點可笑。說是數十螢火，燭光能有幾何？即使可用，白天化了工夫去捉，卻來晚上用功，豈非徒勞？而且風雨時有，也是無法」也。

「青燈有味」句出自陸放翁，《秋夜讀書每以二鼓盡為節》詩云：「白髮無情侵老境，青燈有味似兒時。」《苦口甘口・燈下讀書論》：「蘇東坡曾云，紙窗竹屋，燈火青熒，時於此間，得少佳趣。這樣情景實在是很有意思的，大抵這燈當是讀書燈，用清油注瓦盞中令滿，燈芯作炷，點之光甚清寒，有青熒之意，宜於讀書，消遣世慮……總之這青燈的趣味在我們曾在菜油燈下看過書的人是頗能了解的，現今改用了電燈，自然便利得多了，可是這味道卻全不相同，雖然也可以裝上青藍的瓷罩。」

兒童雜事詩

丙之九　水牛兒

捉得蝸牛叫水牛，低吟爾汝意綢繆。
上街買得燒羊肉，犄角先伸好出頭。

【原注】北京兒歌：「水牛水牛，先出犄角後出頭，你爹你媽，給你買的燒肝兒燒羊肉喫。」北方謂角曰犄角，「犄」讀如「雞」。

【箋釋】 本首原為「歌謠三」，改題作「水牛兒」。

水牛兒是北京對蝸牛的俗稱。《夜讀抄・塞耳彭自然史》述懷德（White）對蝸牛的介紹云：「有殼的蝸牛，即所謂帶屋的（Phereoikos），則非到四月十日左右不出來，牠不但一到秋天便老早的隱藏到沒有寒氣的地方去，還用了唾沫做成一層原蓋擋住牠的殼口，所以牠是很安全的封了起來，可以抵擋一切酷烈的天氣了。」正是因為牠能夠帶着屋子行動，從屋子裏面「先出犄角後出頭」，所以才會引起孩子們的興趣，以犄角特別出名的水牛來稱呼牠，並且傳唱出「水牛水牛」這樣的歌來。

《藝術與生活・兒童的文學》論幼兒前期的文學云：「這時期的詩歌，第一要注意的是聲調。最好是用現有的兒歌，如北平的《水牛兒》、《小耗子》都可以用，就是那趁韻而成的如『忽聽門外人咬狗』，咒語一般的抉擇歌如『鐵腳斑斑』，只要音節有趣，也是一樣可用的，因為幼兒唱歌只為好聽，內容意義不甚緊要。」

我們來看這首兒歌：「水牛水牛，先出犄角後出頭」，聲調確實和諧好聽；「你爹你媽，給你買的燒肝兒燒羊肉噲」，更是摹仿大人愛撫小兒的口吻，正所謂「低吟爾汝意綢繆」也。

《風雨談・紹興兒歌述略序》：「辭彙中感到缺乏的，動作與疏狀字尚在其次，最顯著的是名物，而在方言中卻多有，雖然不普遍，其表現力常在古語或學名之上。如紹興呼蘩縷曰小雞草，平地木曰老弗大，北平呼栝蔞曰赤包兒，蝸牛曰水牛兒，是也。柳田國男著《民間傳承論》第八章『言語藝術』項下論水馬兒的名稱處有云：『命名者多是小孩，這是很有趣的事。多採集些來看，有好多是保姆或老人替小孩所定的名稱，而且這也就是很好的名字。』」

燒羊肉是北京有名的食物，方子箴《春明雜憶》詩云「松花糟蟹燒羊肉」，楊靜亭《都門雜詠》亦有《月盛齋燒羊肉》一首。張次溪《天橋志》第八章《天橋吃食》之三十七：「羊肉舖在夏季向例除賣生羊肉外，帶售燒羊肉，所有頭、蹄、腱子、板筋、心肺、肚子及羊骨，連同羊肉，加青醬、五香肉料入鍋同煮，待熟後，羊肉再入滾油內煎炸一次，即謂之燒羊肉。」這種天橋特產，就是北京老百姓心目中的美味了。

《天橋志》詳記北京民間吃食達九十九種，其中不見有「燒肝」，只有「炒肝」，「為零食中一種」，係將豬大腸煮熟切碎，和以糰粉、作料等做成。兒歌所唱「燒肝兒燒羊肉」，很可能說的本是「炒肝」和「燒羊肉」，「因為幼兒唱歌只為好聽，內容意義不甚緊要」，便唱成這樣了。餐館中也有過「燒鴨肝」之類菜品，那卻和天橋叫賣的零食不一樣，是不方便買了帶回家去給小孩吃的。

兒童雜事詩

丙之十　吹嘟嘟

門前迎會鬧哄哄，要貨年年樣式同。
買得紙雞吹嘟嘟，木頭門虎竹蟠龍。

【原注】城中神佛按時出巡俗稱迎會，多有炫賣玩具者，率極質樸。以紙屑、泥土及羽毛為雞形，中有竹叫子，吹之有聲，名曰「吹嘟嘟」，大抵只值一文一個。

【箋釋】「玩具」原有詩二首。本首詠「吹嘟嘟」即紙雞，是最便宜的兒童玩具，故題作「吹嘟嘟」。乙十五「王季重」詩亦有「買得泥人買紙雞」句，可參看。

「迎會」為迎神賽會之簡稱，觀魚《紹興的風俗習尚》簡稱曰「迎賽」：「不論是菩薩是神，凡是寺廟裏塑有偶像的，逢到祂的生日都可以作迎賽的資料，抬出來迎一迎，賽一賽，哄得一般群眾萬人空巷，舉國若狂，街談巷議，都是迎賽的史實。自正月至九月，據不準確的傳述，約計有二十餘起之多。」接着又說：「婦女們燒香後，多買竹龍、吹嘟嘟之類，帶回家給兒孫們作回貨（原注：出門帶點東西回來叫回貨）。」

「耍貨」為紹興方言，即是玩具。《湖雅》卷九「器用之屬」：「凡小兒戲具，皆以木以錫以紙以泥造成，形式名目甚多，統名耍貨。」

《亦報隨筆・洋囡囡》：「小孩的玩具大抵多在廟市或新年設攤售賣，但鄉下也有店舖，牆上大書曰『耍貨』，其實這也只能算是文言，口語中則稱之為『嬉家生』，意思是說遊戲用的器具，並無玩物喪志的意味含在裏邊，我覺得這倒是很難得的。它的種類並不很多，大都是模仿家生什物的。一是武器，木製刀槍槌斧，附紙製假面，俗名胡臉子，倒與古名胡面子相合，可見原來是胡人的臉相。二是樂器，鑼鼓鐃鈸，喇叭簫管。三是傢具，桌椅盤碗，燭台手爐等。四是雜類，竹木製的蟠龍鬥老虎，泥製可吹響的雞與青蛙，各種人物如狀元、老嫚、『一團和氣』與老壽星，此外也有孩童，卻只有正面着色，總稱曰爛泥菩薩。」

這裏說的「蟠龍鬥老虎」，也就是「木頭鬥虎竹蟠龍」了。

《往昔三十首》中有一首專寫玩具，茲將其全錄於下（括弧中係原注）：「往昔買玩具，吾愛填填鼓。亦有紙叫雞，名曰吹嘟嘟。架上何纍纍，泥人與泥虎。光頭端然坐，哈喇挺大肚（彌勒佛俗稱哈喇菩薩）。高髻着長帔，云是墮民婦（墮民讀作墮貧，其婦女俗稱老嫚，着青衣、青半臂，民間有婚喪，輒來服役，多得賞與）。火漆摸蝦翁，攘臂據竹節。水牛紅金魚，果品以十數。更有木盤碗，家用諸器具。唯獨花鴨子，小兒非所許（鴨蛋上以彩色畫戲文，亦有畫秘戲者，香市時有之）。惡畫復易損，只供擲骰賭。」

「吹嘟嘟」的情形原注已經說得明白。總之這是當時紹興小兒最易得到的玩具，《亦報隨筆》講到「泥製可吹響的雞」，《往昔》詩中「亦有紙叫雞，名曰吹嘟嘟」，說的都是它。蔡雲《吳歈百絕》春之二註：「蘆笙吹以娛小兒者，葭管箬簧，飾成冠羽，名曰叫雞。」在過去無論誰寫到紹興的兒童娛樂時，都是不會遺漏這種一文錢一個的要貨的。

兒童雜事詩

南鎮歸來謁禹陵，金階百步上層層。
手持木盤長刀戟，大殿來聽蝙蝠鳴。

丙十一　南鎮禹陵

【原注】南鎮即會稽山神廟，有碑曰「天南第一鎮」，春日香火極盛。禹廟殿陛極高，有數十級，俗名百步金階。儀門內兩側皆玩具攤，貨木製盤碗刀槍。殿上多蝙蝠，晝夜鳴叫不息，或曰棲息於禹像耳中，不知其審，想亦當有之也。

【箋釋】 本首原為「玩具二」，其實「木碗長刀戟」第一首已寫過，這裏講的全是去南鎮禹陵遊玩，即以為題。

《紹興的風俗習尚》：「南鎮在（紹興）縣治的東南，出稽山門東南行四里許至大禹陵，再東南行約二里即南鎮，所在地之山叫會稽山……（過去帝王）對國內的名山大川都要加封和祭祀，像『五嶽』『四瀆』『五鎮』之類，會稽山就是『五鎮』中的南鎮……明洪武間，盡去前代所封爵號，止稱會稽山之神……每年從舊曆二月初一開始，到二月十九日止，叫『南鎮市』，在這一時期內，無男無女，無老無少，只要風和日暖，都要出稽山門到南鎮去作春遊……有的人以遊玩禹王殿為目的，遊罷回城，不再前進。」可說是當地最出名的盛會。

《藥味集・禹跡寺》：「會稽與禹本是很有關係的地方，會稽山以禹得名，至今有大禹陵，守陵者仍姒姓，聚族而居，村即名廟下……凡在春天往登會稽山高峰即香爐峰，往祭會稽山神即南鎮的人，無不在廟下登岸，順便一遊禹廟……廟中有神像，高二三丈，可謂偉觀……但是方面大耳，戴冕端拱，亦是城隍菩薩一派，初無一點禹氣也。」

歷史上實有的人物，成為了戴冕端拱的城隍菩薩一派，實在滑稽，卻很合乎「聰明正直，沒則為神」的俗信。文章很幽默地說神像「初無一點禹氣」，本來去的人也只是為了拜城隍菩薩也。

《藥堂雜文・關於祭神迎會》：「在南鎮內殿廊下，看見殿內黑壓壓的一屋的人，真是無容膝之地。只要有這一點隙地，人就俯伏膜拜，紅燭一封封的遞上去，廟祝來不及點，至多也只焦一焦頭而已。院子裏人山人海，但見有滿裝雞與肉的紅白大木盤高舉在頂上，在人群中移動，或進或出，絡繹不絕。大小爆竹夾雜燃放，如霹靂齊發，震耳成聾，人聲嘈雜，反不得聞。」

《看雲集・關於蝙蝠》：「蝙蝠的名譽不知道是否係為希臘老奴伊索所弄壞，中國向來似乎不大看輕牠的。牠是暮景的一個重要的配色，日本《俳句辭典》中說：『無論在都會或鄉村，薄暮的景色與蝙蝠都相調和，但熱鬧雜沓的地方其調和之度較薄……看蝙蝠時的心情，也要彷彿感着一種蕭寂的微淡的哀愁那種心情才好……』小時候讀唐詩（韓退之的詩麼）有兩句云，『山石犖确行徑微，黃昏到寺蝙蝠飛』，至今還覺得有趣味。會稽山下的大禹廟裏，在禹王耳朵裏做窠的許多蝙蝠，白晝也吱吱地亂叫，因為我們到廟時不在晚間，所以總未見過這樣的情景。」

兒童雜事詩

丙十二　綠官

胡蝶黃蜂飛滿園，南瓜如豆菜花繁。
秋蟲未見園林寂，深草叢中捉綠官。

【原注】

綠官狀如叫蟈蟈而稍小，色碧綠可愛，未嘗聞其鳴聲，兒童以為是絡緯之兒，蓋非其實也。

【箋釋】「蟲鳥」共有五首，今以所詠分別標題，本首即題作「綠官」。但「綠官」的通稱和學名叫作甚麼，原來卻全不知曉，即使在我的紹興朋友中，亦已無人聽說過「綠官」這種「色碧綠可愛」的小蟲的了。原注謂其「狀如叫蟈蟈而稍小」，那麼牠究竟是一種甚麼昆蟲呢？

紹興張潤民君來信云：「這裏的蟈蟈似略小於北地蟈蟈，且純為綠色；近年北方人來紹賣蟈蟈的漸多，則無一為純綠的。」《新民晚報》一九八八年九月二十九日張大根《末代皇帝和叫哥哥》一文，說是叫哥哥即蟈蟈兒有兩種，一種是翠綠的翠哥哥，一種是鐵鏽色的鐵哥哥。

依他們兩位的說法，我想，紹興兒童從深草叢中捉來玩的東西，可能就是還沒有完全長成的翠哥哥。「南瓜如豆菜花繁」，時間還在夏天，「秋蟲未見」，蓋非其時，「未嘗聞其鳴聲」也就是十分自然的了。

《亦報隨筆・阿官與洋娃娃》論及知識分子語言和詞彙的貧乏時說道：「許多自然和人工的名物以及動作，在他們書房與書本裏都沒有。」還舉翻譯小說名《哥兒》為例，說「出典是可靠的，但不能說是通俗……俗語的『少爺』可惜含有貶的意思稍多，鄉下說『阿官』便很相近了」。「哥」與「官」本一音之轉，明乎此，則「綠官」之為「綠哥」亦即「綠蟈」，豈不也就順理成章了麼。

蟈蟈本是一種有名的鳴蟲。闕名《燕京雜記》：「京師有草蟲狀如蟋蟀，肥大而青，生於夏秋間，聲唧唧甚聒耳。京師人多籠以佩之……八旗滿洲婦人多有空其鞋底以納之，使其聲與履音相應……俗名此蟲為蟈蟈。」潘榮陛《帝京歲時紀勝》：「少年子弟好畜秋蟲曰蛞蛞，乃螻蛞之別種，寄生於禾黍之間，又名曰叫螞蚱。此蟲夏則鳴於郊原，秋日攜來，籠懸窗牖，以佐蟬琴蛙鼓，能度三冬。以雕作葫蘆銀鑲牙嵌貯而藏之，食以黃豆芽紅蘿蔔。」這「蛞蛞」也就是蟈蟈。

那麼，還有不有「狀如叫蟈蟈而稍小的」另一種呢？

汪曾祺《夏天的昆蟲》中說：「蟈蟈我們那裏叫做『叫蛐子』，因為牠長得粗壯結實，樣子也不大好看，還特別在前面加一個『侉』字，叫做『侉叫蛐子』。……另外有一種秋叫蛐子，體小，通身碧綠如玻璃料……價錢比侉叫蛐子貴得多，養好了，可以越冬。」

生物學者吳德鐸函告：「蟈蟈在動物學上屬昆蟲綱直翅目螽斯科，學名 Compsocleis inflata，體長五至七厘米。又有一種『綠螽斯』，學名 Holochlora nawae，體長約四點五毫米。」

紹興兒童「以為是絡緯之兒」的綠官，還有汪曾祺說的「秋叫蛐子」，也許便是學名 Holochlora nawae 的這種綠螽斯罷。

兒童雜事詩

丙十三　油蛉

辣茄蓬裏聽油蛉，小罩捫來掌上擎。
瞥見長鬚紅項頸，居然名貴過金鈴。

【原注】

油蛉狀如金鈴子而差狹長，色紫黑，鳴聲瞿瞿，低細耐聽，以鬚長頸赤者為良，云壽命更長。畜之者以明角為籠，絲線結絡，寒天懸着衣襟內，可以過冬，但入春以後便難持久。或有養至清明時節，在上墳船中聞其鳴聲者，則絕無而僅有矣。

【箋釋】本首原為「蟲鳥二」，所詠油蛉魯迅也寫到過。《從百草園到三味書屋》文中回憶園中的蟲鳥：「鳴蟬在樹葉裏長吟，肥胖的黃蜂伏在菜花上，輕捷的叫天子（雲雀）忽然從草間直竄向雲霄裏去了……油蛉在這裏低唱，蟋蟀在這裏彈琴。」

己亥年日記十月十八日至調馬場拜墳，「山中油蛉甚多，一路草木荊棘中無不有之，可作一部鼓吹」。《魯迅的故家・園裏的動物》：「油蛉這東西不知道在紹興以外地方叫做甚麼，如要解說，只能說是一種大螞蟻似的鳴蟲吧。」觀魚《三台門的遺聞佚事》則介紹得更加詳細具體一點：「油蛉是一種頸紅背黑似蟋蟀而比螞蟻大的蟲，鳴聲甚好聽，每屆秋末冬初常出現於百草園。傍晚之際，大家都往百草園去尋去捉，捉到後再分優劣，分置於自製的紙盒，或者購自市上的明角盒內……陰曆十月例須到各祖墳送寒衣，也趁便攜帶器具到墳旁去捉油蛉……墳旁捉到的體質較園裏所捉為優，多數可以飼養到第二年的春季，名之曰『山貨』，以墳的所在多依山也。山貨可過冬，為最上品。」

《丁亥暑中雜詩・秋蟲》注云：「油葫蘆似蟋蟀而大，油黑而有光，不能鬥，鳴聲也較為單調，鄉語呼為油唧呤。」

其詩云：涼風起夜半，秋蟲鳴前庭。細聽非促織，乃是油唧呤。因風送繁響，恍如振銀鈴。反覆鼓哀調，急迫難為聽。劇憐黑大漢，緣何作此聲？將是唱戀歌，當戶理鳴箏。及時不見采，將隨秋草零。造物樂有物，眾生執此生。生生實天意，仁義乃俗情。方向既自定，道路所由成。人生誠微末，智力庶可憑。若不造幸福，空負靈長名。哲人重自然，高論涉杳冥。倘欲返本真，應學秋蟲鳴。

這首詩所詠的油葫蘆學名 Gryllus testaceus，是蟋蟀科的另一種鳴蟲，但牠「因風送繁響，恍如振銀鈴」時，給人的感覺和油蛉是一樣的。詩人在此從秋蟲談到人應該敢發聲，有追求，如果不能這樣做，「空負靈長名」，那就人不如蟲了。

原注說油蛉狀如金鈴子而差狹長，觀魚說牠似蟋蟀，鳴聲甚好聽，那麼牠有可能便是學名 Homoeogryllus japonicus，許多人叫做「金鐘兒」的屬於蟋蟀科的那種鳴蟲了。袁宏道《畜促織》文云金鐘兒「微類促織，而韻致悠颺，如金玉中出，溫和亮徹，聽之令人氣平。」富察敦崇《燕京歲時記》說牠「形如促織，七月之季販運來京，枕畔聽之最為清越，韻而不悲，似生為廣廈高堂之物，金鐘之號非濫予也。」與原注亦相合。

兒童雜事詩

丙十四　績縩婆

喜得尊稱績縩婆，灰黃衣着見調和。
淡花摘得供朝食，妨礙南瓜結實多。

【原注】絡緯，小兒呼為「績縩婆婆」，讀如吉介，多籠養之，摘南瓜淡花為食料，即雄蕊也。

【箋釋】 本首原為「蟲鳥三」，今題「績縩婆」。縩音菜（cài），本義是衣縫和縫衣縫，但後來在紹興話裏，意思變成了績麻，讀音也變了。

績縩婆通稱紡織娘，即《詩經・七月》「六月莎雞振羽」的莎雞，亦即是李白《長相思》「絡緯秋啼金井欄」的絡緯，學名 Mecopoda elongata，為昆蟲綱直翅目螽斯科的一種。螽斯科共約三千種，與蟋蟀科的區別為聽器位於前足，觸角毛髮狀，等於或超過體長，鞘翅開合亦不同。《越諺》卷中「蟲豸部」：「績縩婆倍大於蝗，夜鳴以翼。」又「服飾部」：「績縩，同幘，音借。麻絲績成為團曰縩，其績也曰績。」

《詩經・周南》有「螽斯」三章，古人釋為后妃「若螽斯不妬忌，則子孫眾多也」。現代人不會認同這個，關心的只是牠那好聽的聲音。法布爾《昆蟲記》第十一章說，「昆蟲音樂會的參加者大部分是螽斯類」，絡緯在其中肯定是最出色的。周作人對牠也很熟悉，庚子（一九○○）年六月二十九日記：「夜初聞絡緯。」五十年後，一九五一年九月四日《亦報》上發表的《秋蟲的鳴聲》又說：「古來有以蟲鳴秋這句話，這些蟲就稱之為秋蟲，小時候在鄉下知道得最多。績縩婆官名絡緯，蛐蛐在《詩經》上稱蟋蟀，或稱促織，此外有油唧呤、叫蛄蛄、蛐蛐兒、金鈴子、油蛉和竹蛉，都是相當的會叫的。」

《瓜豆集・談七月在野》一文歷舉鄭玄、孔穎達、朱熹、郝懿行、毛奇齡、姚際恆、嚴粲、范家相、羅願、乾隆諸家之說，謂古來對《詩經・七月》篇中蟲名的解說多不一致。朱熹說得最是奇怪：「斯螽、莎雞、蟋蟀，一物隨時變化而異其名。」羅願贊成朱說：「莎雞鳴時正當絡絲之候，故豳詩云，六月莎雞振羽，七月在野，八月在宇，九月在戶也。」姚氏則駁朱說：「按陸璣云，斯螽，蝗類，長而青，或謂之蚱蜢。莎雞色青褐，六月作聲如紡絲，故又名絡緯（今人呼紡績娘）。若夫蟋蟀，則人人識之，幾曾見三物為一物之變化乎？」周作人最後說道：「我在這裏深切地感到的是國故整理之無成績，到了現在還沒有一本重要的古書整理出來，可以給初學看看。」

南瓜花分雌雄，淡花注云「即雄蕊也」，其實準確的說法應該是只授粉不結瓜的雄花。在湖南農村裏，人家一直把它做成菜餚，「農家樂」將其與雞蛋同炒，用以供客，可算作上品。《亦報隨筆・自然界的男性》：「在自然界裏，男性是沒有甚麼價值的。小時候養紡織娘叫蟈蟈，不客氣地摘南瓜絲瓜的淡花來給牠們吃，可以說是很合理的。」這便是「淡花摘得供朝食」的註腳了。

兒童雜事詩

丙十五　蠛蠓

風春雨磑亂紛飛，省識微蟲叫蠻斯。
揭起醋瓶群飛出，雅名學得是醯雞。

【原注】蠻斯即蠛蠓也，亦以稱醯雞。郭象《莊子注》已如此說，唯郝蘭皋作《爾雅義疏》以為非是。

【箋釋】 本首為「蟲鳥四」，題作「蠛蠓」，讀音 miè-měng，是一種小飛蟲。詩中還有幾個口語中已經消失了的字，如磑（wèi）還有蠁（xiǎng）和醯（xī）。磑作名詞是石磨，作動詞是推磨。蠁斯和醯雞，則都是蠛蠓的別稱。

古書中記述名物，尤其是動植礦物，往往夾纏，有時候甚至比較混亂。以蠁而言，有時是「地老虎」，有時是醋罎子上飛舞的「細悶子」，全看是在甚麼場合。

唐李石《續博物誌》：「郭璞曰，蓬飛磑則天雨，春則天風。蓬，蠓也。」《說文》：「蠓，蔑蠓。」段註：「各本蔑作蠛，無此字。孫炎曰，此蟲小於蚊。郭圖贊曰，小蟲似蜹，風春雨磑。謂其上下如春則天風，迴旋如磨則天雨。」《爾雅》郭璞註：「小蟲似蜹，喜亂飛。」《列子・湯問》云：「春夏之月，有蠓蜹者，因雨而生，見陽而死。」《莊子・田子方》云：「孔子見老聃，出以告顏回曰，丘之於道也，其猶醯雞與。」郭象註：「醯雞者，甕中之蠛蠓。」《越諺》卷中「蟲豸部」：「蠁子，（音讀）響思，暑天空中成陣者。」《集韻》：「蠁，一曰醯雞名。」蔣魴《切韻》云：「蠁子，酒醋上小飛蟲也。」從前人家都有酒罎醋罎，見到這種小飛蟲的機會很多。

以上均說明，蠛蠓、醯雞、蠁子乃是同一種小蟲，即昆蟲綱雙翅目的 Lasiohelea，現在我們長沙人把牠叫做「悶子」，可能即「蠓子」的方音。

詩中說「省識微蟲叫蠁斯」，這蠁斯實即是「蠁子」，可能因為「音讀響思」，這裏又只有用平聲字才押韻，才把牠寫成「蠁斯」了。

在古代典籍中，單名「蠁」的，在更多的場合中乃是另一種蟲。《說文》：「蠁，知聲蟲也。」《爾雅・釋蟲》：「國貉，蟲蠁。」郭註：「今呼蛹蟲為蠁。」郝懿行義疏：「今謂之地蛹。如蠶而大，出土中。蠁，猶響也，言知聲響也。亦猶向也，言知所向也。」此即今之害蟲「地老虎」，屬昆蟲綱鱗翅目夜蛾科，包括 Agrotisypsilon 等若干種。

周氏兒時對蟣蠓真有這麼深的印象嗎？我看未必。《知堂回想錄・監獄生活》說他於一九四八年一月二十七日在南京獄中曾題詩稿之末云：

寒暑多作詩，有似發瘧疾。間歇現緊張，一冷復一熱。
轉眼嚴冬來，已過大寒節。這回卻不算，無言對風雪。
中心有蘊藏，何能托筆舌。舊稿徒千言，一字不曾說。
時日既唐捐，紙墨亦可惜。據榻讀爾雅，寄心在蠓蟣。

這時南京政府即將垮台，國民黨人作鳥獸散。周氏對國民黨素無好感，想必這才是他「寄心在蠓蟣」，冷眼旁觀這種「喜亂飛」的小蟲的真正的緣故。

兒童雜事詩

丙十六　姑惡鳥

姑惡飛鳴繞暮煙，春宵淒寂不成眠。
童心不識歡情薄，聽到啼聲總可憐。

【原注】

「姑惡飛鳴繞暮煙」，朱竹垞句。越係水鄉，多姑惡鳥，夜中聞啼聲甚淒婉。「東風惡，歡情薄」，見陸放翁《釵頭鳳》詞。

【箋釋】本首原為「蟲鳥五」，今題「姑惡鳥」。朱竹垞（彝尊）句出自《鴛鴦湖棹歌一百首》之十八：「姑惡飛鳴逐曉煙，紅蠶四月已三眠，白花滿把蒸成露，紫葚盈筐不取錢。」見《曝書亭集》卷九。「逐曉煙」此處作「繞暮煙」，或據別本。

姑惡鳥的學名是秧雞科（Rallidae）的白胸秧鳥（White-Breasted Waterhen）。《不列顛百科全書》說，「秧雞科一百多種沼澤鳥類，遍佈全球中低緯度地區，小者如麻雀，大者如小雞，棲於稠密草叢中，鳴聲響亮，夜間尤然。」中國的記述亦與此相合，史震林《西青散記》：「姑惡者，野鳥也。色純黑，似鴉而小，長頸短尾，足高，巢水旁密篠間。三月末始鳴……鳴常徹夜，煙雨中聲尤慘也。」

因為牠「鳴常徹夜……聲尤慘」，古人便容易將牠和社會上常見的婦女們的不幸聯繫起來，白胸秧鳥便成了姑惡鳥，又稱苦鳥。《本草綱目》：「今之苦鳥，大如鳩，黑色。以四月鳴，其鳴曰苦苦。又名姑惡，人多惡之，俗以為婦被其姑苦死所化。」

李時珍記述的，其實是人們早已形成的共識。在他之前，便不知有多少文人寫過為苦命媳婦鳴不平的詩歌，最有名的如蘇東坡《五禽言》：「姑惡，姑惡。姑不惡，妾命薄。」范成大《後姑惡詩》：「姑不惡，婦不死。與人作婦亦大難，已死人言尚如此。」陸放翁《夜聞姑惡》詩亦云：「不知姑惡何所恨，時時一聲能斷魂。」都是好例。

陸放翁是親身經歷過由姑婦不和造成的悲劇的人。毛晉題所刻《放翁題跋》後云：「其詠《釵頭鳳》一事孝義兼摯，更有一種啼笑不敢之情，溢於筆墨之外，故並記之。案放翁初娶唐氏，閎之女也，伉儷相得，弗得於姑，絕之。未忍絕，為別館往焉，姑知而掩之遂絕。後改適同郡宗子士程，嘗於春日出遊，相遇禹跡寺南之沈氏園，放翁悵然賦一調云：『紅酥手，黃藤酒，滿城春色宮牆柳；東風惡，歡情薄，一懷愁緒，幾年離索，錯錯錯。　春如舊，人空瘦，淚痕紅浥鮫綃透；桃花落，閒池閣，山盟雖在，錦書難托，莫莫莫。』令人不能讀竟。」

《夜讀抄．姑惡詩話》還抄錄了陸放翁七十六歲時題沈園詩兩首：「城上斜陽畫角哀，沈園非復舊池台；傷心橋下春波綠，曾是驚鴻照影來。」「夢斷香銷四十年，沈園柳老不吹綿；此身行作稽山土，猶弔遺蹤一泫然。」說道：「最令人惆悵者莫過於沈園遺址，因為有些事情或是悲苦或是壯烈，還不十分難過，唯獨這種啼笑不敢之情，深微幽鬱，好像有蟲在心裏蛀似的，最難為懷。」我也覺得，後兩首詩確實比前一首詞更好。就憑陸放翁這兩首詩，姑惡鳥的名字也就沒白取了。

兒童雜事詩

丙十七　河水鬼

山魈獨腳疑殘疾，罔兩長軀儼阿獃。
最怕橋頭河水鬼，播錢遊戲等人來。

【原注】
溺鬼俗稱河水鬼，云狀如小兒，常群聚水邊擲錢為戲，兒童通常稱為「頓銅錢」者是也。

【箋釋】 本首原為「鬼物」之一，改題「河水鬼」。

作者兒時多次見到過扮演的鬼物，聽說過傳說的鬼物。《夜讀抄・鬼的生長》：「我不信人死為鬼，卻相信鬼後有人。」《苦竹雜記・說鬼》：「我們喜歡知道鬼的情狀與生活，從文獻從風俗上各方面去搜求，為的可以了解一點平常不易知道的人情，換句話說就是為了鬼裏邊的人。反過來說，則人間的鬼怪伎倆也值得注意，為的可以認識人裏邊的鬼吧。」

山魈現在是一種實在有的動物，與狒狒同屬，產於非洲，古代傳說中則是一種鬼怪。唐戴孚《廣異記》說它「獨足反踵，手足三歧，其雌者好施脂粉，於大樹中做窠」。清俞夢蕉《蕉軒摭錄》卷十《獨腳魈》條也大談：「吾鄉競傳獨腳魈之異」。觀魚《三台門的遺聞佚事》還說：「相傳百草園有怪名獨腳魈，雪後常現一隻腳的足跡。」

罔兩則純係傳說中一種怪物，《越諺》卷中「鬼怪部」：「魍魎鬼，俗傳見人漸長不止，脫鞋高舉過之乃止。」舊時長沙俗信亦有此鬼，稱「梧桐鬼」，也說它見人則長、越長越高。

河水鬼的傳說更為普遍而多樣，朱海《妄妄錄》卷二有《河水鬼》一則，記溺鬼化為缸浮水面，誘人拾取，指入缸口遽被拖住。袁枚《續新齊諧》謂溺鬼帶羊臊氣，孫德祖《寄龕四志》

以為信然，並舉例證實。方旭《蠹存》云鬼作紙灰氣，唯溺鬼作羊臊氣。《書房一角・溺鬼》：「羊羶則不知何故，豈民間以河水鬼為異物，雖鬼而近於水怪，彷彿又似獸之一種歟。」

《看雲集・水裏的東西》：「我們鄉間稱它作 Ghosychiü，寫出字來就是『河水鬼』……每幻化為種種物件，浮在岸邊，人如伸手想去撈取，便會被拉下去……（它常喜歡）變『花棒槌』，這是一種玩具，我在兒時聽見所以特別留意，至於所以變這玩具的用意，或者是專以引誘小兒亦未可知……（普通的鬼保存它死時的形狀）唯獨河水鬼則不然，無論老的小的村的俊的，一掉到水裏就都變成一個樣子，據說是身體矮小，很像是一個小孩子，平常三五成群，在岸上柳樹下『頓銅錢』，正如街頭的野孩子一樣，一被驚動便跳下水去，有如一群青蛙……我在這裏便聯想到了在日本的它的同類，在那邊稱作『河童』，讀如 Kappa……這與河水鬼有一個極大的不同，因為河童是一種生物，近於人魚或海和尚。它與河水鬼相同，要拉人下水，但也喜歡拉馬，喜歡和人角力。它的形狀大概如猿猴，色青黑，手足如鴨掌，頭頂下凹如碟子，碟中有水時其力無敵，水涸則軟弱無力，頂際有毛髮一圈，狀如前劉海，日本兒童有蓄此種髮者至今稱河童髮云。」

兒童雜事詩

丙十八　活無常

目連大戲看連場，扮出強梁有五傷。
小鬼鬼王都看厭，賞心只有活無常。

【原注】目連戲及大戲中，演活無常均極滑稽之趣，即迎神賽會時亦如此，故小兒輩甚喜之。

【箋釋】 本首原為「鬼物」之二，改題「活無常」。

《談龍集・談目連戲》：「吾鄉……所演之戲，有徽班，有亂彈、高調等本地班，有『大戲』，有目連戲。」宋孟元老《東京夢華錄》：「自過七夕，便搬《目連救母》雜劇，直至十五日止。」清昭槤《嘯亭續錄》：「又演目犍連尊者救母事，析為一本，鬼魅雜出。」

魯迅《女吊》：「大戲和目連，雖然同是演給神、人、鬼看的戲文，但兩者又很不同。不同之點，一在演員，前者是專門的戲子，後者則是臨時召集的Amateur——農民和工人；一在劇本，前者有許多種，後者卻好歹只演一本《目連救母記》。」

《越諺》卷中「鬼怪部」有五傷鬼。《看雲集・水裏的東西》說「五傷大約是水、火、刀、繩、毒罷，但我記得又有虎傷似乎在內……虎傷鬼一定大聲喊阿唷，被殺者必用一隻手提了它自己的六斤四兩。」黃中海《魯迅作品中的紹興戲》：「據紹興的說法是，凡人死於意外的『五傷』（如吊死、溺死、跌死、打死、火傷、虎傷、產傷等不是病死，死時出血的統稱五傷）的，都是由於『五傷惡鬼』特別是那些橫死的惡鬼作祟（即冤氣未散來討替代之意），而目連戲……就請鬼來看鬼戲，給以消冤超度。」

魯迅《朝花夕拾・無常》先寫道：「鬼卒和鬼王是紅紅綠綠的衣裳，赤着腳，藍臉，上面又畫些魚鱗……鬼卒拿着鋼叉，叉環振得琅琅的響，鬼王拿的是一塊小小的虎頭牌……看客對於他們不很敬畏，也不大留心。」接下去才說：

「所最願意看的卻在活無常。他不但活潑而詼諧，單是那渾身雪白這一點，在紅紅綠綠中就有鶴立雞群之概。只要望見一頂白紙的高帽子和他手裏的破芭蕉扇的影子，大家就都有些緊張而且高興起來了。」此即是「賞心只有活無常」也。

《藥堂雜文・關於祭神迎會》：「無常鬼有二人，一即活無常，白衣高冠草鞋，持破芭蕉扇；一即死有分，有如《玉歷鈔傳》所記，民間則稱之曰死無常。」豐子愷所畫的黑衣黑帽，帽上有「一見生財」四字，口吐紅紙剪成的長舌，手持「拿捉」牌的，蓋是死有分即死無常；右邊魯迅所畫這幅「白衣高冠草鞋，持破芭蕉扇」的，才是活無常。也許見過《朝花夕拾》插圖的人太多，豐子愷為了避免重複，才以死無常代替活無常的吧。

兒童雜事詩

丙十九　水果

荸薺甘蔗一筐盛，梅子櫻桃赤間青。
更有楊梅誇紫豔，輸它嬌美水紅菱。

【箋釋】 丙十九至丙二四共六首原題「果餌」，本首寫的全都是水果，言不及餌，即題作「水果」。

《亦報隨筆‧甘蔗荸薺》：「若是問紹興有甚麼好水果，其實也說不出來，不過那裏的水果多而且質樸，換句話說就是平民的……一兩角小洋不難買上一籃，甘蔗荸薺，水紅菱黃菱肉，青梅黃梅，金桔岩橘，各色桃李杏柿，（楊梅易壞可惜除外）有三四種便可以成為很像樣的一份了。我至今不希罕蘋果與梨，但對於小時候所吃的粗水果還覺得有點留戀，頂上不了台盤的黃菱肉，大抵只有起碼的水果包裹才有，我卻是最感覺有味，因為那是代表土產品的，有如杜園瓜菜，所謂土膏露氣尚未全失也。」

同書《關於荸薺》：「荸薺自然最好是生吃，嫩的皮色黑中帶紅，漆器中有一種名叫荸薺紅的顏色，正比得恰好。這種荸薺吃起來頂好，說它怎麼甜並不見得，但自有特殊的質樸新鮮的味道……鄉下有時也煮了吃，與竹葉和甘蔗的節同煮，給小孩吃了說可以清火，那湯甜美好吃……」

同書《再談甘蔗》：「甘蔗只可生吃，煮了便是糖味，有人用小板凳似的傢伙榨了汁吃，這也近似糖水了。所以要吃甘蔗還是只有自己嚼。」又說：「普通水果店裏一定有一把刨，先刨去皮，再用鍘刀切成一寸左右的短節。」

同書《談梅子》：「鄉下有一種大青梅，土名青鎯頭，叫賣的大聲叫道，青鎯頭，大梅子！

大的徑可二寸，放在桌上，只用拳頭砰的敲一下，它就碎裂了。這有那麼的脆，自然也那麼的酸……酸是酸，卻是有它的新鮮味。」

《魯迅的故家‧水果連生》：「初夏時節的櫻桃體格瘦小，面色蒼白，引不起詩人的興趣來，卻大為孩子們所賞識，一堆一堆的也要銷去不少。至於大顆的，鮮紅飽滿的那種櫻桃呢，那只有大街裏才有，價錢當然貴，可是一聽也並不怎麼大，因為賣櫻桃照例用的是老十六兩秤，原來是老實六兩，那麼半斤也只是三兩的價錢而已。」

范寅《越諺》：「楊梅核外攢刺簇簇如絨球。淡酸者白，酸甜者紅，其烏與紫兩色，甘美可口……佳者曰烏紫楊梅，出山陰瀉渚，為超眾之佳果。」《嘉泰會稽志》：「方楊梅盛出時，好事者多以小舫往游，因置酒舟中，高飣楊梅，與樽罍相間，足為奇觀。婦女以簪髻上，丹實綠葉，繁麗可愛。又以雀眼竹筥盛貯為遺，道路相望不絕。」

《書房一角‧楊梅》：「小時候常聞人說楊梅山，終未能一到……裝籃饋遺，此風至今未泯，兒童最為喜歡，勝於送西瓜也。不佞去鄉久，對於鄉味無甚留戀，唯獨楊梅覺得無可替代，每見草莓即洋莓上市，輒憶及之。楊梅生食固佳，浸燒酒中一日，啖之亦自有風味，浸久則味在酒中，即普通所謂楊梅燒，乃是酒而非果矣。」

兒童雜事詩

丙二十　糕糰

嘉湖細點舊名馳，不及糕糰快朵頤。
艾餃印糕排滿架，難忘最是炙麻餈。

【原注】印糕方形，上印彩粉文字，故名。搗糯米飯，中裹豆沙或芝麻白糖餡，捏為扁圓形，曰麻餈，於鏊盤上炙食最佳，街頭多有擔賣者。

【箋釋】 本首原為「果餌二」，今題作「糕糰」。

集外文《紹興的糕乾》曾引用這首詩並指出：「這裏所謂糕糰，是指濕的一類，與『嘉湖細點』那些所謂的乾點心有別。」文中還引魯迅的話，說兒時在故鄉所吃的蔬果，菱角、羅漢豆等，「都是極其鮮美可口的，都曾是使我思鄉的蠱惑。」，然後寫道：「這些蔬果本來都是很好的，但是我所記得的卻是糕糰。」《亦報隨筆・點心與飯》：「我們鄉下的點心大抵可以分作兩類，一是乾點心，在茶食店裏所買的是；二是濕點心，一切蒸製及有湯的東西，半乾濕的糕和麻餈一類也就附在這裏。」

《越鄉中饋錄》：「艾餃，春令剪艾去心（味極苦），洗淨切碎，水煮一二沸，略灑石灰，則色綠。冷水一洗，擠乾，去其苦味。搭入粳粉（摻糯粉），入臼舂透，裹豆沙糖餡為餃，或搭為糕，隔水蒸食。」這樣製成的點心，自然是潮潤的溫軟的，與烘烤成的桃酥、薄脆之類乾點心不同了。

未刊手稿《南北的點心》：「『嘉湖細點』這四個字，本是招牌和仿單上的口頭禪，現在正好借用過來說明細點的起源。因為據我的了解，那時期當為前明中葉，而地點則是東吳西浙，嘉興湖州正是代表地方……明朝自永樂以來，政府雖是設在北京，但文化中心一直還是在江南一帶。那裏官紳富豪生活奢侈，茶食一類也就特別發達起來。」接着又介紹了後來的乾點心：「范寅《越諺》『飲食門』下，記有金棗和瓏纏豆兩種，此外我還記得有佛手酥、菊花酥、蛋黃酥等三種……樣子雖然不差，但材料不大考究。」在作者心目中，它們反正是「不及糕糰快朵頤」的。

在艾餃、印糕等各樣糕糰中，作者最難忘的則是麻餈。《亦報隨筆・糯米食》：「我是喜歡糯米食的，雖然我們鄉下沒有餈粑，只有一種類似的東西叫麻餈。餈粑……可說是用糯米飯搗爛做成的，是整塊的，吃法任便，麻餈原料相同，卻做成一個個燒餅似的，中間加上一點餡，豆沙或是芝麻糖，這在我因為小時候的記憶，覺得比較的更是好吃。」

《藥味集・賣糖》述炙糕及麻餈云：「賣糖者多在下午，竹籠中生火上置熬盤，紅糖和米粉為糕，切片炙之，每片一文，亦有麻餈，大呼曰麻餈荷炙糕……早上別有賣印糕者，糕上有紅色吉利語……此種糕點來北京後便不能遇見，蓋南方重米食，糕類以米粉為之，北方則幾乎無一不麵，情形自大不相同也。小時候吃的東西，味道不必甚佳，過後思量每多佳趣，往往不能忘記。不佞之記得糖與糕，亦正由此耳。」

兒童雜事詩

丙二一　藕

漫誇風物到江鄉，蒸藕包來荷葉香。
藕粥一甌深紫色，略添甜味入餳糖。

【原注】紅糖俗名餳糖，讀若琴，市語曰台青，蓋因其出自台灣故歟。

【箋釋】 本首原為「果餌三」。寫了兩種藕之熟食——蒸藕和藕粥，蓋視藕為餌而非果矣，今題作「藕」。

《越鄉中饋錄》：「蒸藕（藕粥），擇老藕大而長束者，刨皮洗淨，着蒂切去一片（只一頭）。將淘過上白糯米，灌入藕孔中築滿，仍將藕蒂蓋上，用竹籤釘住。先在藕粥鑊煮過，撩起上籠，蒸至極爛，或下粥鑊煮亦可，切片蘸糖食之……凡蒸藕、藕粥，必酌加鹼水，否則不易煮爛。又藕粥用糯米，宜加飴糖。」

《亦報隨筆・藕的吃法》：「藕還是熟吃覺得好。其一是藕粥與蒸藕，用糯米煮粥，加入藕去，同時也製成蒸藕了，因為藕有天然的空竅，中間也裝好了糯米去，切成片時很是好看。其二是藕脯，實在只是糖煮藕罷了，把藕切為大小適宜的塊，同紅棗白果煮熟，加入紅糖，這藕與湯都很好吃，鄉下過年祭祖時必有此品，為小兒輩所歡迎，還在鯗凍肉之上。其三是藕粉，全國通行，無須贅說。藕脯純是家常吃食，做法簡單，也最實惠耐吃。藕粥在市面上只一個時候有賣，風味很好，卻又是很普通的東西，從前只要幾文錢就可吃一大碗，與葷粥、豆腐漿相差不遠。藕粉我卻不喜歡，吃時費事自是一個原因，此外則嫌它薄的不過癮，厚了又不好吃，可以說是近於雞肋吧。」

同書《藕與蓮花》卻又說：「藕的用處十九是在當水果吃，其一，鄉下的切片生吃；其二，北京的配小菱角冰鎮；其三，薄片糖醋拌；其四，煮藕粥藕脯，已近於點心，總是甜的，也覺得相宜，似乎是他的本色。雖然有些地方做藕餅，彷彿是素的溜丸子之屬，當作菜吃，未嘗不別有風味，卻是沒有多少別的吃法，以菜論總是很有缺點的。擦汁取粉，西湖藕粉是頗有名的，這差不多有不成文律只宜甜吃。想來藕的本性與荸薺很有點相近，可以與甘蔗老頭同煮，可以做糕，可以取粉，可以切片加入葷菜，如炒四寶內是一根台柱子，但壓根兒還是水果，你沒法子把他改變過來。」

蒸藕在北京叫江米藕（江米即糯米）。張次溪《天橋志・天橋吃食》：「江米藕者，以江米入藕孔中蒸爛後，沿街叫賣，切成小片，蘸白糖食之，售此者多清真教人。」

楊曼卿《天橋雜詠》有一首：「江米都填藕孔中，新蒸叫賣巷西東。切成片片珠嵌玉，甜爛相宜叟與童。」

餳糖在長沙亦稱「琴糖」，並不叫作紅糖。它是一種用穀芽熬成的飴糖，且只有流質的才如此稱，若是硬的便稱為藥糖或薑糖或別的甚麼糖了。紅糖則是甘蔗製成的沒脱膠脱色的粗糖，本地從前並不出產，用土法製成的蔗糖只有成塊成片的片糖和「白流糖」，連拌糖醋藕片都沒有資格。

兒童雜事詩

丙二二　夜糖

兒曹應得念文長，解道敲鑼賣夜糖。
想見當年立門口，茄脯梅餅遍親嚐。

【原注】小兒所食圓糖名為「夜糖」，不知何義，徐文長詩中已有之。以黑糖煮茄子晾使半乾，曰茄脯，切細條賣之。梅餅如銅錢大而加厚，係以梅子煮熟，連核同甘草末搗碎，範成圓餅，每個售製錢一文。

【箋釋】　本首原為「果餌四」，今題作「夜糖」。

「夜糖」這個名詞，分別請問過上世紀三十年代、四十年代和五十年年代在紹興度過兒童時期的朋友，都說不曾聽說過，看來「應得念文長」只能到徐文長的詩裏尋找了。

《徐文長集》卷四《曇陽》之五有云：「何事移天竺，居然在太倉。善哉聽白佛，夢已熟黃粱。托缽求朝飯，敲鑼賣夜糖。」

《藥味集・賣糖》：「紹興如無夜糖，不知小人們當更如何寂寞，蓋此與炙糕二者實是兒童的恩物，無論野孩子與大家子弟都是不可缺少者也。夜糖的名義不可解，其實只是圓形的硬糖，平常亦稱圓眼糖，因形似龍眼故，亦有尖角者，則稱粽子糖，共有紅白黃三色，每粒價一錢……此外還有一錢可買者有茄脯與梅餅。以沙糖煮茄子，略晾乾，原以斤兩計，賣糖人切為適當的長條，而不能無大小，小兒輩多較量擇取之，是為茄脯。梅餅者，黃梅與甘草同煮，連核搗爛，範為餅如新鑄一分銅幣大，吮食之別有風味，可與青鹽梅競爽也。賣糖大率用擔，但非是肩挑，實只一筐，俗名橋籃，上列木匣，分格盛糖……左臂操筐，俗語曰橋，虛左手持一小鑼，右手執木片如笏狀，擊之聲鎲鎲然，此即賣糖之信號也，小兒聞之，驚心動魄，殆不下於貨郎之驚閨與喚嬌娘焉。」

關於「驚閨」與「喚嬌娘」，集外文《貨郎擔》云：「北京也有同樣的職業，不過是用車推而不是用擔了，所使用的響器也不一樣，乃是有柄的一面小銅鑼，繩繫一小疙瘩，手一搖便發出聲響。這有很漂亮的名稱，叫作『驚閨』，還叫作『喚嬌娘』，不過這是一是二，有點不大清楚了。」

其實「驚閨」與「喚嬌娘」乃是兩種不同的響器，區別原是很清楚的。《齊東野語》云：「用鐵數片，長五寸許，闊二寸五分，如拍板樣，磨鏡匠手持作聲，使傳閨閣知之，名之曰『驚閨』。」《韻鶴軒雜著》云：「磨鏡者所持鐵片曰『驚閨』……賣閨房雜貨者所搖曰『喚嬌娘』。」這「喚嬌娘」才是一種小銅鑼，但形制卻與賣夜糖用者不同，聲音亦有異。

周建人《魯迅故家的敗落》介紹故家新台門的對面，有一屠家小店，「簷下橫放一個鋪板，陳列十幾堆炒豆炒花生之類，每堆一文錢。還有一個長方木盒，上面蓋着玻璃，盒中分幾格，每格放着圓眼糖、粽子糖、茄脯、梅餅，也是一文一件」。

周作人「想見當年立門口，茄脯梅餅遍親嚐」之處，大約就是這屠家小店，周建人肯定見過他在那裏「較量擇取」的吧。

兒童雜事詩

丙二三　石花

一盞盛來琥珀光，石花風味最清涼。
新煎洋菜晶瑩甚，獨缺稀微海水香。

【原注】石花熟搥，揀去貝殼沙石，洗淨煮汁，用井水鎮使凍結，加糖醋食之，為夏日消暑佳品。唯不易消化，多致胃病，後乃以洋菜代之，更為純良，而無復有海草香氣，遂覺索然寡味矣。

【箋釋】 本首原為「果餌五」，改題作「石花」。

石花菜是一種海藻，屬紅藻門，學名 Gelidium amansii，分枝呈羽狀，生於海邊石上，可食用。中國文人對石花菜的記述，似始於東晉郭璞，《江賦》云「玉珧海月，土肉石華」。石華即石花菜。《爾雅・釋魚》云「蜃小者珧」，今呼瑤柱。《臨海水土物誌》云「海月大如鏡，白色正圓，常死海邊，其柱如搔頭大，中食」，即今之窗貝。《文選》李善注云「土肉正黑，如小兒臂大，長五寸，中有腹，無口目，有三十足，炙食」，即海參。這四種海產，均可供食用。

李時珍《本草綱目》卻把滴散凝成的石鐘乳和珊瑚的一種都稱為「石華」，又說烏韭也叫「石華」，這些就是不可食用的了。

屈大均《廣東新語》：「海菜產瓊之會同。歲三月菜廠主人置酒，廣集菜丁，使穿衣入海採取。海有研石廣數里，橫亙海底，海菜其莓苔也。白者為瓊枝，紅者為草珊瑚。泡以沸湯，沃以薑椒酒醋，味甚脆美，一名石花。以作海藻酒，治癭氣；以作琥珀糖，去上焦浮熱。」

詩云「一盞盛來琥珀光」，屈大均又說石花以作琥珀糖，都是因為海藻煮汁呈琥珀色的緣故。

《越鄉中饋錄》：「石花，南貨舖買石花草（亦名牛毛菜），用木槌微舂，去其雜屑，下鑊水煮。水沸一刻，加米醋一盅，以布袋濾去渣滓，將石花水置瓦缸頭，外以腳盆儲井水浸之，半日後即凝結成塊，可加糖醋快食矣。惟性最寒涼，多食致病。」

原注也説，食石花消暑，多致胃病，這是有事實證明的。《魯迅小説裏的人物・剪絨花》：「順姑的真名字已記不清楚……她的病並不是肺結核，實在乃由於傷寒初癒，不小心吃了涼粉石花，以致腸出血而死。」石花有這樣的副作用，恐怕是它不得不逐漸讓位於洋菜的原因，正和長沙的涼粉由井水搓木蓮子改為用蠶豆粉一樣。

洋菜即凍粉，又叫瓊脂（枝），其實就是石花菜的製成品，同樣是海菜，不過因為經過提煉，致病的危險減少，但是「琥珀光」和「海草香」也就沒有了。它最初全靠進口，故冠以「洋」字。庚子年日記七月初二日記：「下午食洋菜石花二盞。」索然寡味的印象大概就是從那時留下來的。

如今石花菜已經退出食品市場，瓊脂卻仍是冰淇淋、糕點、沙拉和魚肉類食品罐頭不可或缺的主要添加劑。它無色無氣味，易溶於沸水，三十七度時即凝成膠凍，並能吸收大量水分，故無別種材料可以取代。

兒童雜事詩

丙二四　玉竹甘草

居然嚐藥學神農，莫笑貪饞下苦功。
玉竹香甜原好吃，更將甘草潤喉嚨。

【原注】藥物中甘草之味人多知者。熟玉竹之肥壯者，食之亦甚腴美，可當點心。

【箋釋】本首原為「果餌六」，今題「玉竹甘草」。

玉竹和甘草本來只是兩味藥材。玉竹即萎蕤，百合科多年生草本植物，地下莖可入藥，性平，味甘，主治虛熱燥咳。甘草為豆科多年生草本植物，以根狀莖入藥，性平，味甘，能瀉火解毒，調和諸藥。它們只因為有甜味，便被兒童當成了「果餌」，則當時零食之不易得亦可想見。

看《知堂回想錄》十至十二節可以知道，周作人父親的病始發於甲午乙未間，去世於丙戌九月初六日。在這一年多時間內，醫生照例是隔日一診，要到藥店去買藥。《亦報隨筆・中外補藥》：「小孩們平時愛替大人放藥料入罐，一包包的現出各色各樣的草根樹皮來，補藥種類多，所以更是好玩，記得認識的大抵只有熟地、玉竹及杜仲。」《魯迅的故家・桐生》：「我們小時候買玉竹來當點心吃，到泰山堂去買。」周建人《魯迅故家的敗落》也說：「我們到藥店去買玉竹，一種黑色長條形的東西，嚼起來有甜味，把它當零食吃。」拿了錢到藥店去買藥材當零食，何不就在家門口買茄脯梅餅吃呢？似乎不好理解。可能因為父親的病隔日一診，反正隔日得到藥店裏去，圖的是個方便吧。

以甘草玉竹當點心的經驗我從來沒有，豐子愷插圖中的寶塔糖卻是吃過的，此外還有健脾糕之類的「藥糕」，但都覺得並不好吃，因為它們總是藥，是大人拿來命令吃下去的。

司馬貞所補的《史記・三皇本紀》云：「炎帝神農氏……於是作蠟祭，以赭鞭鞭草木，始嚐百草，始有醫藥。」這個神農嚐百草的傳說，周作人在論及傳統文化思想時，一直予以相當的尊重。《立春以前・醫師禮讚》云：「（醫療）是人類文化之一特色，雖然與梃刃同是發明，而意義迥殊，中國稱蚩尤作五兵，而神農嚐藥辨性為人皇，可以見矣……我想假如人類要找一點足以自誇的文明證據，大約只可求之於這方面吧。」

《藥堂語錄》序文說：「數年前作《藥草堂記》，曾說明未敢妄擬神農，其意亦只是攤數種草藥於案上，如草頭郎中之所為，可是擺列點藥就是了，針砭卻是不來的，這也值得說明。我於本草頗有興趣，所以知道些藥料……做在糖裏的肉桂薄荷不必說了，小時候還買生藥來嚼了便吃，頂平常的是玉竹與甘草，這類味道至今尚未忘卻……人家夏日常用金銀花夏枯草二味煎湯代茶，云可清暑，此正是常談的本色，其或庶幾近之，亦是本懷也。」

這便是周作人他作文寫詩的「本懷」。那麼，我呢？

我沒研究過本草，少知藥味，來作箋釋，最多等於幫忙施散幾杯涼茶，如有怠慢，只能請多多原諒了。

丙編附記

【原文】　今春多雨，驚蟄以來十日不得一日晴，日唯閱說文段氏注以消遣。偶應友人之屬，錄舊作兒童雜事詩，覺得尚可補充，因就生活詩部分酌量增加，日寫數章，續得二十四首，乃定為丙編。舊日所寫多以歲時為準，今則以名物分類，此種材料尚極夥多，可以入錄。唯寫為韻語，雖是遊戲之作，亦須興會乃能成就，丁編以下，倘有機緣，當俟諸異日。三十七年三月二十日雨中記。

【箋釋】　附記云「雖是遊戲之作，亦須興會乃能成就」，這句話在《跋文》中由東郭生用「做詩很苦，情動於中而形於言……」一節議論作了補充和發揮，讀者可以參看。

附記末署「三十七年三月二十日雨中記」，民國三十七年即一九四八年，那時作者還被囚禁在南京老虎橋監獄裏。「丁編以下，倘有機緣，當俟諸異日」，只是當時的一種希望。但這種希望好像並未成為事實，「丁編以下」當然也就沒有了。

附記中說「偶應友人之屬，錄舊作兒童雜事詩」，可見他抄錄這些詩給友人看，是早就開始並且一直都在做着的事，這也是作品無法出版時沒有辦法的一種辦法吧。

兒童雜事詩跋

【原文】　東郭生著有兒童詩若干首預備託《亦報》發表，抄了先給獳牛、齊甘諸公一看，齊公覺得兒戲部分遺漏太多，開出一個單子來主張添補，獳牛則以為過年這時節還有許多事可記，特別有趣味的是看燈頭，此外又舉出一首兒歌云：

二十夜，連夜夜，
點得紅燈做繡鞋，
繡鞋做起拜爺爺。

此歌本身很有詩意，遺漏了也的確是可惜。我也記起幾首唐人的小詩，都可以補入兒童故事詩裏。如云：

幼女才六歲，未知巧與拙，向夜東堂前，學人拜新月。
小娃撐小艇，偷采白蓮回，未解藏蹤跡，浮萍一道開。
牧童見客拜，山果懷中落，晝日驅牛歸，前溪風雨惡。

但是東郭生有他自己的辯解，他說做詩很苦，情動於中而形於言，永言嗟嘆，以至手舞足蹈，有如擦火柴，必須發熱到某程度，才會發出火焰來，可是這一來火柴也燒光了。古來詩人多苦吟，是很不衛生的事，我們看畫像上劉隨州、柳柳州等都很瘦，李長吉、賈浪仙更不必說了。好吃豬肉很胖很喜歡睡覺的韓退之他本是官僚，同樣好吃豬肉的蘇東坡也有點胖，他的詩算不算得怎麼好，應當別論。兒童詩近於打油，可是打油並不一定容易，而且同樣要有興趣才行，不然也做不出來。沒有詩情詩興而硬要寫，這情形似乎有點像吃春藥。我便來折衷的說，有這些材料，用散文寫下來也好，文化建設的高潮中，民俗學自然也佔一個地位，這種資料都是必要的而且有價值的。

【箋釋】 跋文原題《兒童詩與補遺》，是作為《飯後隨筆》之一，刊登在一九五〇年三月十日上海《亦報》上的。最近發現了手稿，上題「兒童雜事詩代跋」，遂將其作為跋文，刊載於此。

「東郭生」為《兒童雜事詩》在《亦報》發表時所用筆名。跋文說孺牛、齊甘主張添補，而「東郭生有他自己的辯解」，接着「我便來折衷的說」，好像「東郭生」和「我」是兩個人似的，其實乃是行文中故弄的狡獪。「孺牛」為作者出獄後居留上海時來往較多的紹興同鄉陶亢德，初版箋釋為尤炳圻是錯的，「齊甘」則是作者的另一同鄉徐淦。

文內所引唐人小詩「未解藏蹤跡」句中，手稿「蹤跡」筆誤成了「蹤蹤」，已予改正。

周豐一跋

兒童雜事詩七十二首，係先父所寫，豐子愷先生為作插圖，尤可寶貴。鍾叔河先生三十年前即曾與先父有書信交往，結下文字之緣，為雜事詩作箋釋準備已久，對詩中涉及的舊時風俗名物，不辭辛勞，多方考究。現箋釋已經脱稿，即將付梓，不僅叔河先生夙願得償，民俗學和兒童學亦從此增加一可靠的研究資料，至可喜也。

九〇年五月，周豐一。

豐一吟跋

《兒童雜事詩》作者是我的父執輩，插圖者是我父親。一位是大手筆，一位是名畫家，且擅長兒童畫，兩位長者的合作，真可謂珠聯璧合。但明珠埋沒，美玉璞藏，幸有鍾叔河先生珍重護持，又苦心孤詣，詳加箋釋，交付出版，以饗讀者，實在功德無量。我是後輩，不敢為跋，謹借此一角之地向鍾先生致以衷心的感謝。

豐一吟，一九九〇年六月於上海。

箋釋後記

《兒童雜事詩》七十二首，從一九五〇年二月二十三日開始在上海《亦報》上刊載，到五月六日刊完。豐子愷為其中的六十九首畫了插圖，只有乙之二、五、七三首，當天註明了「此詩無畫」或「今日無圖」，一九九一年箋釋初版時，便請畢克官補畫了這三幅。至於乙之二一「俞理初」附一首詠李卓吾，本「不涉兒童事」，原來便沒有插圖，也就不再補畫了。

這七十二首詩，分為甲、乙、丙三編，分詠兒童生活和兒童故事，原來有的一題一詩，也有的一題數詩。一題一詩的三十一首，如甲之四「上元」，乙之一「老子」等，都保留了原題。一題多詩的四十一首，如「新年」有甲之一、二、三共三首，「果餌」有丙十九、二十、二一、二二、二三、二四共六首，便都分別標題，甲之一至三題作「新年拜歲」、「壓歲錢」和「下鄉作客」，丙十九至二四則題作「水果」、「糕糰」、「藕」、「夜糖」和「玉竹甘草」了。這樣，七十二首詩，每一首詩都有了一個切合自己內容的題目，不必再稱其二、其三、其四……了。讀者在閱讀和檢索時，可能會覺得比較方便一點。

我向不主張用抄字典辭書的方法為前人詩文作注，反對代替讀者查工具書。以舊時讀書人眼光看，這些「筆畫代口耳」的牛山體詩實在也無須作注。但雜事詩所詠者不外歲時、名物、兒童遊戲，一句話叫做民間風俗，又都是清末戊戌時候的，去今一百餘年，人們已少了解；而它們在民俗學和文化史的意義上，又都成了有價值的資料，對於研究兒童教育和兒童文學者來說，尤其如此。周作人自己在《代跋》中說過，這方面的材料很多，未必都能做成詩，「用散文寫下來也好，文化建設的高潮中，民俗學自然也佔一個地位，這種資料都是必要的而且有價值的」。箋釋即特別注意這方面，首先從周氏本人一生「用散文寫下來」的數百萬言中找材料，並努力旁及，地方文獻、筆記雜書、故老言談、友朋通信，都在採輯之列。凡引周氏本人的著作，即不再署名，以免詞費。他人作品，像觀魚《回憶魯迅房族三十五年間（一九零二至一九三六）的演變附錄紹興的風俗習尚》這樣的長名，又一再引用，也簡稱為《紹興的風俗習尚》了。

箋釋所據寫本末記「一九六六年八月十四日重錄一過」，這時「文化大革命」已經開始。查周作人日記，七月十日「作致行嚴函，此亦溺人之藁而已，希望雖亦甚微，姑且一試耳」。行嚴即章士釗，北洋時期當過教育總長，國民黨時在上海依杜月笙，這時為中央文史館長。「溺人之藁」譯成白話，便是「快要淹死者的救命稻草」。周作人在「五四」時尤其是「女師大事件」中多次寫文章批評過章士釗，這時卻不得不向他求救，明知希望甚微，仍「姑且一試」，真到了病篤亂投醫的程度。

章士釗為毛澤東故人，「文革」中被「重點保護」着。對於周的求救，他的態度又如何呢？周作人七月十八日記云：「王益知（章之秘書）來，代行嚴致意，甚可感荷。」可能章士釗對周也還表示了一定程度的關心。於是周作人八月十三日記「抄錄兒童雜事詩，昨今得甲乙兩編」；十四日又記云「上午抄兒童詩丙編，至下午了」，與題記正合。

抄錄的這部詩稿，是不是準備通過王益知送給章士釗，或者再通過章士釗送給甚麼人去的呢？周作人的日記中並未留下記載，也就無法知道了。

七月十八日王益知來後的一個月中，周作人一直在苦苦地希望着。日記有云：「此一個月不作一事，而辛苦實甚……可謂畢生最苦之境矣。行嚴秘書王君曾云，當再次來訪，因隨時計其到來，作種種妄想，竊自思惟，亦不禁憫笑也。」八月二十一日記云：「作致王益知信，且看答覆如何。」至二十三日仍未見有答覆，只記了「上午閱《毛澤東論文藝》」。日記即止於此日，距重錄《兒童雜事詩》僅九日，蓋即其絕筆矣。

一九九〇年七月始作，二〇一六年四月改定，鍾叔河時年八十五歲，此應是最後一次的修改了。

兒童雜事詩箋釋

作　者：周作人
繪　畫：豐子愷
箋　釋：鍾叔河
責任編輯：曾卓然
封面設計：涂　慧
出　版：商務印書館（香港）有限公司
香港筲箕灣耀興道三號東滙廣場八樓
http://www.commercialpress.com.hk
發　行：香港聯合書刊物流有限公司
香港新界大埔汀麗路三十六號中華商務印刷大廈三字樓
印　刷：美雅印刷製本有限公司
九龍觀塘榮業街六號海濱工業大廈4樓A
版　次：二〇一七年六月第一版第一次印刷

ISBN 978 962 07 4552 2
Printed in Hong Kong